AW

Adelhard Winzer, geboren in Karlshuld/Bayern, ver-
brachte die ersten Kinderjahre auf dem Bauernhof
seines Onkels, Mitbegründer verschiedener Bands,
Reisen durch Europa, Kinderbuchveröffentlichung
„Andreas", Georg Lentz Verlag, München, Bankan-
gestellter, Bankkaufmann, intensive Schreib- und
Zeichentätigkeit, Ausstellungen in Neuburg an der
Donau, München und Umgebung, zwei Stücke im
Cantus Theaterverlag, Eschach: „Krethi und Plethi"
– „Das Korkenspiel", weitere Buchveröffentlichun-
gen: „Die Sprachgrenze" – „Lügengeschichten" –
„Stockholm Blues" – „Venedig, von hier aus", Books
on Demand, Norderstedt, lebt im Chiemgau.

ADELHARD WINZER
DER PENSIONIST
Geschichten

Bibliografische Information der
Deutschen Nationalbibliothek: Die Deutsche
Nationalbibliothek verzeichnet diese Publikation
in der Deutschen Nationalbibliografie. Detaillierte
bibliografische Daten sind im Internet über
http://dnb.dnb.de abrufbar.

Herstellung und Verlag:
BoD – Books on Demand, Norderstedt
Umschlagzeichnung:
Adelhard Winzer

ISBN 978-3-749455041

DER PENSIONIST

Der Traum

Gestern habe ich mich schlafen gelegt. Ich drehte mein Gesicht an die Wand, hörte ein Geräusch. Fieberhaft überlegte ich, ob ich mit dem Gesicht zur Wand liege. Ein Griff mit der Hand hätte mich befreit.

Die Katze

Eine Katze schleicht um die Ecke. Die Wolken hängen tief, dahinter die Sonne. Ein leichter Windstoß und die Tür fällt ins Schloss. Ich überlege nicht viel. Es spielt keine Rolle. Die wichtigen Dinge ereignen sich von selbst.

Die Kirche

Vor der Kirche steht ein alter Mann mit Hut. Vor welcher Kirche? Er betrachtet ein junges Mädchen. Welches Mädchen? Der Tag wäre wichtig. Ein Sonntag? Man könnte eine Geschichte erfinden über den alten Mann, der vor einer Kirche steht. Bist du das? Nein, du gehst langsam an ihm vorbei. Er hebt seinen Hut. Du grüßt ihn. Aber er sagt nichts. Hat er keine Stimme? Du gehst in die Kirche und kniest dich hin. Du denkst: Wo ist der Mann mit dem Hut?

Die Mehrheit

Hier ist die Erde schwarz. Dort ist sie braun. Der Himmel ist blau, die Berge sind dunkel. Hier sehen die Tage aus, als hätten sie Überstunden gemacht. Kein logisches Denken, kein Mehrheitsbeschluss. Es kommt selten vor, dass man sich einig ist.

Neu

Alle fünfzig Jahre wird die Welt neu erfunden. Die gleichen Gesichter, die gleiche Kleidung. Dasselbe gibt es nicht. Die großen Sprüche. Die Wegschaumentalität. Ich möchte ein ganzer Kerl sein, sagt der Junge zum Vater. Die Städteplaner halten die Flüsse auf. Deswegen geht die Welt nicht unter. Wirst du den Tod akzeptieren, wenn er kommt? Schreien nach dem ungelebten Leben?

Rückwärts

Wovor nimmst du dich in Acht? Womöglich wirst du beschattet. Wer erklärt dir, was die anderen sagen? Hast du genügend Geld, bist du sorgenfrei. Dann hast du alles, meinen die Leute. Die Sorgen werden größer. Auch wenn du alles hast. Das Wort allein sagt dir nichts. Die meisten Menschen denken an die Vergangenheit. Kaum sind sie hier, sind sie woanders. Man braucht einen Halt, aber den gibt es nicht. Auf einmal wird dir alles klar. Wie ein Bergsteiger, der den Abstieg nicht schafft. Die Wolken hat er gesehen, den weiten Himmel. Die Monde bei Tag und bei Nacht und die Bewegungen der Sterne.

Der Platz

Alles geht von dir aus. Du bist, was du siehst.
Du erzeugst deine Gefühle. Hass und Neid.
Angst, die nicht verschwindet. Wenn alles an
seinem Platz ist, kann nichts passieren. Dann
funktioniert es. Bist du am richtigen Platz?

Reisebericht

Seit den frühen Morgenstunden bin ich unterwegs. Talwärts, ohne Rückenwind. Rußgeschwärzter Schnee auf beiden Seiten. Fahles Licht, Windböen. Ich bin allein im Wald, höre meinem Echo zu. Müde steigt die Sonne aufs Rad. Allein heißt nicht einsam. Woher die Gedanken kommen, weiß ich nicht. Sie fliegen umher wie Samen im Wind. Nein, das stimmt nicht. Der Sinn ergibt sich erst im Nachhinein.

Bilder

Manche Leute werden hintenrum beschimpft, als Streber bezeichnet. Die haben das Leben überlistet, heißt es, an die kommt keiner ran. Ihre Keller sind vollgestopft mit Bildern. Sie besitzen alles. Sie sagen: Häng dein Herz nicht an Dinge! Die nichts besitzen, zahlen Eintritt, damit sie mitreden können. Jeder gibt sich aufgeklärt, wenn ein großer Name fällt.

Krieg

Zwei Männer gehen aufeinander zu, bleiben stehen, blicken aneinander vorbei. Über ihnen ein tiefblauer Himmel, der mich an ein Kirchenbild erinnert. Der Weg macht eine Biegung. Hast du Angst? Nein, hier geht es lang. Das ist nicht der Jakobsweg. Kinder gehen an einer Schule vorbei. Ich denke an das Bild am Himmel. Mein Weg ist noch weit.

Das Wort

Klarheit, was für ein Wort. Sagt einer die Wahrheit, verstehst du sie nicht. Allein du bist die Quelle. Jeden Tag schüttest du sie zu, lässt sie nicht fließen. Du magst nicht, wenn etwas so ist, wie es ist. Der Wind ist dir zu stark, der Himmel zu blau. Du gleichst jenem Jungen, der mit einer Tasse das Meer ausschöpft. Alles geht seinen Gang.

Zukunft

Er denkt an die Liebe. Er denkt nicht an sie. Am liebsten wäre er ein anderer. Betrachtet er das Eine, sieht er das Andere nicht. Wenn du meinst, etwas ändern zu müssen, ändere es. Tust du es nicht, ändert es dich.

Das Versprechen

Hier ist der Himmel sehr hoch. Hier möchte ich bleiben. Schon als Kind wurde ich belächelt. Alle sagten das Gegenteil von dem, was ich dachte. Ich wusste nichts vom Glück im Alter. Ich kannte kein Blau und kein Schwarz. Ich hab meine Kindheit zu schnell verlassen. Das Nachahmen, die Lehrzeit, das Erforschen. Man darf nicht stehen bleiben. Auch wenn es anders aussieht. Es führt kein Weg zurück.

Empfinden

Nur selten ist etwas wahr. Manchmal sagen die Leute: Ja, das stimmt! Beides ist falsch. Wir halten uns auf mit Mutmaßungen. Glaubst du, was du sagst? Beides ist richtig. Du wirst widerlegt. Du bist weit entfernt vom Leben der andern. Die Sterne, der Mond und die Wolken sind längst erforscht. Die chemische Formel sagt dir nichts. Unendlichkeit, endlich beschrieben. Das Wort, das nichts verbirgt, hast du noch nicht gefunden.

Untergang

Denk an die Gedanken, die nicht gedacht werden. Was du nicht hast, haben die andern. Irgendwas stimmt nicht. Gleich wird es regnen. Der Chef stellt die Fragen. Kinder spielen Erwachsensein. Sie wissen etwas, was du nicht weißt, sagen es aber nicht. Es ist kein Spiel, für sie fängt alles erst an.

Tänzerin

Ich liege im Bett. Der Wind pfeift durch den Fensterspalt. Ich erkenne meine Nachbarin auf dem Balkon. Sie beobachtet mich. Ich wüsste nicht, was ich zu verbergen hätte. Ginge sie spazieren, könnte ich sie sehen. Ihre langen Beine womöglich, ihr blondes Haar. Kindheitserinnerungen, Träumereien. Tänzerin ist kein Beruf.

Die Neunerrestprobe

Gestern war ich viel unterwegs. Erst zu Fuß in der Au, dann mit dem Fahrrad zur Kugler Alm. Kurzer Spaziergang, zurück über den Hohen Weg. Weiter zum Flaucher. Aber wenig Leute dort. Die Maß kostet acht Euro, die Kellner schenken schlecht ein. Ich kaufe nichts, fahre über den Nockherberg nach Hause. Dann zu Fuß zum Paulaner. Dort gibt es ein gschmackiges Weißbier. Mein Freund Roland redet und redet. Schlechter Tag, sagt er, furchtbar. Kommt fünfzehn Minuten zu spät, erzählt von seinen Enttäuschungen. Hat eine Art Rachegefühl im Blick. Spricht auch so, über zwei Stunden. Kaum ein Wort übers Essen, nur sein verkorkster Tag ist wichtig. Ich kriege Hunger. Schöne Wirtschaft, sage ich, altes Gemäuer. Die Bedienung sehr freundlich, was will man mehr. Ich bestelle aus einer Laune heraus eine halbe Schweinshaxe. Sehr fett, harte Kruste. Das merke ich erst, als ich zu essen beginne. Ich ärgere mich. Warum Schweinshaxe, warum so spät? Die Neunerrestprobe geht mir seit Tagen nicht mehr aus dem Kopf, sagt Roland. Lächerlich, ich weiß die Neunerrestprobe nicht mehr. Ein Alptraum. Ich stehe alleine vor der Schultafel, rotweiße Linien. Wäre es ein Aufsatz, hätte ich keine Probleme. Da würde die Kreide nur so über die Linien fliegen. Ich weiß die Neunerrestprobe nicht mehr. Die Erfindung unseres Herrn Oberlehrers, den wir Platte nennen, weil er keine Haare mehr hat. Ich sehe die Schweißtropfen auf seiner Stirn, die Altersflecken. Wie er seine Brille wechselt. Der Herr Oberlehrer und seine Neunerrestprobe! Die Mitschüler fangen zu kichern an. Ich hebe die Hand, lasse sie wieder fallen. Die Neunerrestprobe, ich weiß nicht, warum ich schon wieder an die Neunerrestprobe denken muss! Am Nachmittag, sage ich, war ich mit dem Fahrrad unterwegs. Schönes Wetter. Kugler Alm. Diesmal den Weg parallel zur Linienstraße genommen. Über den Bahndamm also. Der Weg endet im Wald, führt bis zur Wirtschaft. Man muss durch die Unterführung. Dann denselben Weg zurück. Auf halber Strecke scharf rechts. Ein geschotterter Weg, der nach Oberhaching führt. Eine Bank direkt in der Sonne, sage ich. Wieder zur Kugler Alm. Nussbaum Ranch. Am Trainingsplatz der Fußballstars vorbei. Keiner läuft sich da die Lunge aus dem Leib. Ich war fünfundzwanzig Kilometer unterwegs, gestern fünfunddreißig. Vorgestern fünfundvierzig. Am Dienstag vierzig. Ergibt insgesamt einhundertfünfundvierzig Kilometer, sage ich. Morgen ist Frühlingsanfang.

Die Wohnung

Alles ist zwei Mal so teuer geworden. Eins zu eins, sagen die Leute. Ich versuche mich nicht zu ärgern. Angeblich stimmt es nicht. In der Wohnung unter mir wird diskutiert. Ich gehe in die Küche, öffne das Päckchen KAFFEE ARABIC (von der indonesischen Insel Sulawesi). Einhundertfünfundzwanzig Gramm, heute im Kaffeeladen gekauft. Vier Euro und fünf Cent. Auf dem Päckchen steht: „Im Süden der indonesischen Insel Sulawesi, in der Provinz Selatan, wächst auf bis zu 1.700 m Höhe eine seltene Kaffee-Kostbarkeit. Denn besonders fruchtbarer Vulkanboden und tropisches Inselklima bieten einem einzigartigen Kaffee die besten Bedingungen, um zu einer Premium-Güte zu reifen. Mit größter Sorgfalt geerntet und doppelt handverlesen versprechen seine edlen Arabica-Bohnen außergewöhnliche Genusserlebnisse." Ich höre auf zu lesen. Der Mann und die Frau unter mir fangen zu streiten an.

Der Streit

Wenn zwei sich streiten, braucht man einen Dritten. Der Vierte ist nicht weit. Es lässt sich nicht vermeiden, läuft immer auf dasselbe hinaus. Jeder hat Recht. Zwei Gipsschädel, die aufeinander prallen. Nein, man braucht keinen Dritten. Der eine sagt es, der andere nicht. Am Anfang war alles schön.

Leicht

Wer nichts bekommt, hat nichts zu verlieren. Was leicht ist, kann nicht schwer sein. Das Kind ist erwachsen, obwohl es noch Kind ist. Manchmal ist alles umgekehrt. Das Leere ist voll und von einer Leere umgeben. Schön ist nicht hässlich. Der Eine benötigt das Andere.

Aufbruch

Aufbruch und Untergang. Wer unterdrückt
hier wen? Ein weiter Weg ist nicht kurz. Das
Erwartete nicht eingetroffen. Das Lamm ist
nicht der Wolf. Der Himmel nicht die Erde.
Das Kind läuft hinter mir her. Die Wolken
über uns. Hat das Glück eine Farbe? Benötigt
das Licht die Finsternis? Das Kind bleibt stehen. Es hat keine Freunde. Die Frau will ein
Mann sein. Der Mann ein Kind. Deine Augen
sehen alles. Nur das nicht, was täglich ge-
schieht.

Schatten

Ein Wort aus der Kinderzeit. Ausgesprochen im Dialekt. Umgangssprache, die uns erniedrigt. Aber das wussten wir damals nicht. Das Dorf war die Welt. Onkel und Tanten Bezugspersonen. Es bleibt nur die Erinnerung. Alles noch einmal? Das Leben fand woanders statt.

Bedeutung

Er stand auf und begann zu reden. Nachher
wusste keiner mehr, um was es ging. Angst
und Misstrauen blieben zurück. Der zer-
schlägt die Firma, dachten sie. Ihre Gefühle
waren stärker als er. Gehören sie nicht auch
dazu? Lügen ist anstrengend. Kein Funken
Verstand. Der ist nicht gefragt. Bei so einem
nicht. Erst im Nachhinein ist man gescheiter.

Die Ärztin

Ein altes Kurhotel, total überfüllt. Kinder in der Empfangshalle, alte Leute. Sie machen sich ja keine Gedanken, sagt der Chefarzt. Die Frau an der Rezeption reicht mir Formulare. Ausfüllen, sagt sie. Reges Treiben im Foyer. Betten werden hin und her geschoben und wieder umgestellt. Ich erkenne kein System darin. Schöne Jacke haben Sie da, sagt die Frau von der Rezeption. Die Joppe gehört mir nicht, entgegne ich. Dann kennzeichnen Sie Ihre Sachen! Ich öffne die Reisetasche, versuche mit Kugelschreiber Kleidungsstücke zu beschriften. Kinder in Betten werden vorbeigeschoben. Die haben sehr große weiße Köpfe. Nicht hinschauen, sagt die Rezeptionistin, unterschreiben. Das war der Satz, bei dem ich erwachte. Oder war es noch im Traum? Die Erlösung kann lange dauern, meinte die Ärztin. Sie trug eine weiße Brille. Alles war schön an ihr.

Hindernis

Die Sonne scheint. Keine Lust, mir den Kopf zu zerbrechen. Wer keine Sorgen hat, macht sich welche. Sollen sich die Leute nur ihre Köpfe zerbrechen, die glauben, im Recht zu sein. Ich lasse mich treiben. Das fällt ihnen so schwer. Hör genau hin, dann weißt du Bescheid. Das Leben besteht aus Hindernissen. Ein Leben ohne Hindernisse gibt es nicht, sagen sie. Heute neunundsechzig Kilo auf die Waage gebracht. Fünf Kilogramm zu viel: Spiegelbild meiner inneren Verfassung. Niemand behauptet das Gegenteil.

Gleichmut

Der Wunsch, glücklich zu sein. Eine leere Versprechung. Der mündige Bürger eine Farce. Was ist eine Farce? Der mündige Bürger. Wer ist mündig? Die Politiker wissen, was subventioniert werden muss. Der Notar nennt mich Mösler, weil ich im Donaumoos geboren bin. Die Sekretärin lächelt. Warum? Ich weiß das Geburtsdatum meines Onkels nicht mehr. Ich zahle zwanzig Euro für die Ausschlagung eines Erbes. Beglaubigte Unterschrift. Sieben Euro Postgebühr. Auf dem Rückweg bleibe ich stehen vor einer Buchhandlung. Die „Frau Bankdirektor" will Preisnachlass, diskutiert mit dem Mädchen an der Kasse. Laut und deutlich, dass es jeder hören kann.

Wie man eine Geschichte erzählt

Begegnet mir im Leben ein fremder Mann,
betrachte ich erst den Mund. Ich lausche auf
den Tonfall seiner Stimme. Sagt er das Wort
„Straßenbahn" mit Fragezeichen zum Beispiel, weiß ich schon einiges über den Mann.
Er kann mir nichts vormachen, wenn ich weg-
schaue zum Beispiel, während er geht, in die
andere Richtung, lausche ich auf den Klang
seiner Schritte. Spätestens dann hat er sich
verraten.

Sprüche

Regenwetter ist besser als gar keines. So lautet der Werbespruch für England. London, um genau zu sein. Eine Luftfahrtgesellschaft ist mein Auftraggeber. Ich benötige keine Fotos. London im Regen muss man nicht gesehen haben. Ein lächelndes Gesicht: Regenwetter ist besser als gar keines! Ich wiederhole den Satz Tag für Tag. Der Film läuft als Vorspann in den Kinos. Eine Tasse Tee in England. Mit Kandiszucker, füge ich hinzu. Ich zähle die Fahrräder am Trafalgar Square. Ein Bicycle kostet tausend Euro. Engländer rechnen in Pfund. Ein Freund von mir wohnt in Schottland.

Die Nacht

Über Nacht ist Schnee gefallen. Die Hausdächer und Straßen sehen aufgeräumt aus. Ich bin voller Tatendrang, denke an drei Sachen gleichzeitig. Gestern Käse und Honig gegessen, dafür heute zwei Kilo zu viel auf die Waage gebracht. Die Dachluke ist gekippt, Schnee fällt herein. Ich stehe an der Türe zum Balkon. Das Thermometer zeigt zwei Grad plus. Das Licht meiner Schreibtischlampe spiegelt sich im Fenster. Notebook, Bleistift, Drucker, Kästchen mit Adresszettel. Der Lift fährt auf und ab. Im Treppenhaus ist niemand zu sehen. Ich schließe die Dachluke, lege mich wieder hin.

Der Fremde

Sagt er Pseudo, glaubt man Psycho zu hören, weil er Dialekt spricht. Erscheint ihm etwas wichtig, versucht er es hochdeutsch. Ein lieber Kerl, sagt Roland, bis er anfängt, sich über seine Feinde auszulassen. Von denen gibt es anscheinend sehr viele. Radio und Fernsehen, Zeitungen, Nachbarn. Er geht ins Detail, schon glaubt man Psycho zu hören. Krank und korrupt, sagt er. Seine Frau untergrabe ihn. Gleich versucht er es hochdeutsch. Er ist nicht bereit, sich einer Gruppe unterzuordnen. Vereinsmeierei, sagt er, Ursprung allen Übels. Freut er sich, über ein Bild oder über ein angenehmes Gespräch, vergisst er die Welt und sagt: Jetzt bin ich der, der ich bin.

Die Zeit

Ich habe noch nie jemanden getroffen, der meine Freude geteilt hätte. Meine Vorstellungen von Glaube und Erziehung, Moral. Mein ganzes Leben wird in Frage gestellt. Als müsste ich, um glücklich zu werden, alleine bleiben. Bin ich gut gelaunt, werde ich belächelt. Auch wenn die Anderen das Gegenteil behaupten. Ich muss niemandem etwas beweisen.

Ein Kreuz

Wenn niemand nichts in Frage stellt, bleibt alles, wie es ist. Eine Reise müsste man machen, um seine „Heimat" wiederzuerkennen. Die Einheimischen sind zu Ausländern geworden. Sie fahren mit einer Deutschlandflagge durch die Gegend. Bloß keine negativen Gedanken. Die großen Gespräche finden nicht statt. Die Leute sind gehässig geworden. Falsch und verlogen, und die etwas zu sagen hätten, tun so, als wüssten sie nichts. Gibt es aber was umsonst, sind sie die Ersten. Selbst der Tod schreckt vor denen zurück. Der Feind ist nicht sichtbar, aber spürbar in der Stille. Wenn es etwas zu riskieren gäbe, was wäre das?

Gemeinsam

Gemeinsam geht es nicht leichter. Einer bleibt stehen, der andere nicht. Bist du allein, kannst du die Richtung bestimmen, stehen bleiben, wann du willst. Das geht niemand was an. Die Leute beobachten dich sowieso. Aber wenn du krank wirst, was machst du dann?! Solche Gedanken haben die im Kopf. Einmal musst du es versuchen. Alleinsein, damit du den Unterschied kennst. Kinder machen es dir vor. Nur die Nachbarn denken anders. Ihr Blick ist verstellt. Wer lange fort war, schätzt seine Umgebung besser ein. Man muss losfahren ohne Hintergedanken. Es geht weiter, weil du willst, dass es weitergeht. Das Unbeholfene im Menschen ist schön. Was wäre das für eine Religion, die nur Qualen gelten ließe, Schmerz und Trauer. Als Kind nehmen sie dich in die Zange. Du gehst mit der Herde, weil du dazugehören willst. Deine Gedanken sind nicht frei. Sitzt du im Schulzimmer, willst du ins Freie. Wenn es nicht von dir kommt, ist es deine Sache nicht.

Mrs. Miller

Günstig telefonieren, leben und essen, billig wohnen in London. Vergiss es, sagt Roland, ich kenne die Stadt, seit ich dort zum ersten Mal die Beatles gesehen habe. Im Rückblick erscheint alles schöner, entgegne ich, unkomplizierter, ich weiß, trotzdem sollte man nicht rückwärtsgehen. Eine Woche London, und zum siebten Mal das Schloss von George Harrison besucht, das Grab von Dusty Springfield, außerdem eine CD von Mrs. Miller gekauft. Die singt falsch, erklärt er. Das ist Kult! Die Tauben auf dem Dach können einen verrückt machen, entgegne ich, von wegen Friedenssymbol. Im Musiklexikon steht, Mrs. Miller ist taub. Interessant wäre zu wissen, warum sie gesungen hat. War sie als Kind schon taub? Hat sie nach Noten gesungen? Was war der Grund für ihre Gehörlosigkeit? Was? Mrs. Miller! Mrs. Miller ist nicht taub. Gleichzeitig hören wir zu reden auf.

Das Haus in der Fremde

Heute aufgewacht mit verklebten Augen. Es riecht nach Gift im Schlafzimmer. Ist es der Schrank, der Teppich oder das Bett? Die Heizung? Die Frau steht im Bad, färbt sich die Haare. Chemie pur. Da darf man nichts sagen. Straßen werden gesperrt, Bäume umgerissen. Unverständlich die Gewaltbereitschaft der Menschen. Es geht nur noch ums Geld. Grundbesitz, Terror, sagt der Nachrichtensprecher. Auch in Israel. Schwiegermutters Hirngespinste, hört Geräusche, denkt an Einbrecher, hat vergessen, dass ich hier bin. Schwierig zu erklären. Die Frau beginnt zu kochen. Hühnerleber mit Reis. Abends sollte man nichts mehr essen, ich weiß. Eine Schale Reis würde genügen. Nein, nichts wird hergeschenkt!

Tanken

Ich fühle mich überall zuhause. Von wegen Patriotismus. Gestern in Hugling einen Strafzettel bekommen. Parkzeit überschritten. Der Ort heißt anders. Drei Bauernhäuser, sonst nichts. Aber Kontrolleure. Gleich weiter nach Österreich. Billig tanken. Machen alle so. Nichts als Reformen bei uns!

Sommerzeit

Ich stehe im Wohnzimmer, drehe die Uhr um
eine Stunde zurück. Nein, das stimmt nicht.
Die Frau meint, ihre Tagebücher hätten mit
ihr nichts mehr zu tun. Gleich wirft sie mir
meine Vergangenheit vor – als hätte ich sie
betrogen. Ich muss keine minderwertigen
Gefühle haben, denke ich. Gestern habe ich
die Stereoanlage abgebaut, Kabelanschlüsse
gekennzeichnet, Lautsprecher verpackt. Die
Sammlung mit Gitarrenmusik interessiert
mich nicht mehr. Früher wollte ich alles auf-
nehmen. Als könnte man die Musikgeschich-
te festhalten.

Das Unbekannte

Die Straße ist mit Autos verstopft. Vor der Kreuzung steht ein Polizist. Die Frau wartet zuhause. Höchste Eisenbahn, denke ich. Sie sitzt am Frühstückstisch, blickt mich herausfordernd an. Ich sage nichts. Das dauert bei uns sehr lang. Ein falscher Gedanke, und der Himmel stürzt ein. Pass auf, wo du hintrittst. Jedes Wort ist entscheidend. Wozu noch etwas erfinden. Ihr Handy bimmelt. Sie läuft aus dem Zimmer. Zu was der Mensch doch fähig ist. Das Unbekannte ist wichtig, oder? Wer war es? Interessenten für die Winterreifen, sonst nichts? Der Lift fährt auf und ab. Ein Kind schreit im Flur. Was soll ich machen, ins Wirtshaus gehen? Nicht so laut, sonst überhört man dich!

Gebühren

Im Fernsehen wird jede Ungeheuerlichkeit
gleich zur Selbstverständlichkeit. Geboren
wird man, um zu sterben. Schließlich zahlen
wir Gebühren. Was dazwischen liegt, wäre
interessant. Keine Lust, zu gar nichts. Bitte,
keine hohlen Phrasen. Ein paar Wildtauben
gurren seit den frühen Morgenstunden auf
dem Dach. Sehr friedlich hört sich das nicht
an. Die Umgebung ist verbaut, ein Kasten neben dem anderen. Wozu noch ein Bauamt?
Das Geld muss stimmen. Aufstehen, essen
und schlafen. Die Veränderung kommt von
selbst. Was kümmern mich die Unerträgli-
chen, Trostlosen. Ihre Selbstbespiegelung. Je
mehr ich über mich nachdenke, desto mehr
denke ich an die andern, hat gestern ein Politiker gesagt. Ich weiß, dass der Satz nicht
stimmt.

Umwege

Der große Briefkasten an der Straßenecke wurde abmontiert. Das Gefühl, nicht mehr gebraucht zu werden. Regulierungsbehörde, dass ich nicht lache. Am Ende gibt es keine Briefkästen mehr. Mit Roland telefoniert. Der interessiert sich für Fender Gitarren, macht gleich eine Doktorarbeit daraus. Kommt darauf an, was man spielen will, Rhythmus oder Solo. Ich schreibe jeden Tag zehn Seiten, werfe die Hälfte wieder weg. Haben alle Steine Maserungen? Wenn ja, warum nicht? Träume ich? Soll ich wegziehen von hier? Die Umweltorganisation hat sämtliche Türen vom Europäischen Patentamt zugemauert. Es geht um die Manipulation menschlicher Gene. Wer hat Recht und wer nicht? Zu Fuß über den Marienplatz zur Universität. Von der Amalienstraße zum Oskar-von-Miller-Ring. Dann wieder nachhause. Radioberichte, Schlager, saisonbereinigte Arbeitslosenzahl. Stellensuchende, Wirtschaftsdaten, EU-Werte als Vorgabe, Kontrollfunktionen. Das Wetter regnerisch, Wind und Schnee, Bodenfrost. Kein Mensch geht zu Grunde, ohne vorher Freude gehabt zu haben. Wir nehmen gerne Umwege in Kauf. Es ist sehr wichtig, Umwege zu machen. Keiner mag sie, trotzdem bringen sie uns weiter. Nur wissen das die Leute nicht.

Wer schreibt

Wer schreibt, geht nicht spazieren, lenkt sich nicht ab, schaltet das Fernsehgerät aus. Liest keine Zeitung, kein Schmierblatt, keine Romane. Nein, wer schreibt, geht spazieren, lenkt sich ab, macht Reisen, liest Zeitungen, vor allem Romane. Schweine sind die besseren Menschen, denkt er. Das Wort Sau ergibt eine neue Verbindung. Jeder macht dem andern was vor. Das Wort verfickt, ausgesprochen von der zierlichen Moderatorin, hört sich dreckig an. Nur Dummköpfe ärgern sich. Die Sprache hält den Kopf hin. Keiner stellt Fragen. Es wird alles aufgezeichnet, die Unmöglichkeit rausgeschnitten, sagt die verfickte Moderatorin. Das ist so, will man nach oben. Da fragt keiner nach ihrem Höschen. Weil sie keines anhat. Die hat Mundfäule, hätte man früher gesagt. Was noch? Wer schreibt, der schreibt, geht spazieren, lenkt sich nicht ab. Liest keine Zeitung, kein Schmierblatt. Sensationen sind nicht gefragt.

Die Birke

Bei schönem Wetter konnte ich vom Schreibtisch aus die Berge sehen. Jetzt versperrt mir ein kotzfarbener Wohnblock den Blick. Auf dem Grundstück gegenüber steht eine Trauerweide. Sie erinnert mich an Wasser, aber kein Bach weit und breit. Der Wohnblock hat etwas Fremdes an sich. Ich denke an die Trauerweide und sehe eine Birkenallee. Tatsächlich steht im Hinterhof eine Birke. Die kommt erst jetzt zur Geltung. Wahrscheinlich war das mein erster Gedanke beim Öffnen der Fenster. Schnee ist gefallen über Nacht. Es ist kalt. Der Aufzug fährt. Es ist fünf nach sieben. Rauch steigt aus den Kaminen gegenüber. Der Tag beginnt.

Gebet

Lieber Gott, ich fühle mich heute so einsam.
Ich will mit Dir sprechen. Wo bist Du? Gehörst Du der Kirche, wie alle behaupten?
Nein, von Gut und Böse wird da geredet,
nicht von Gott. Als Kind haben mich alle er-
schreckt mit ihrer Hölle. Immerzu muss man
dort bleiben, haben sie gesagt, wenn man die
Gebote nicht einhält – bis in alle Ewigkeit!
Der Gedanke hat mich beinahe verrückt gemacht als Kind, weil ich es verstehen wollte
und doch nicht verstand. O Gott, ich fühle
mich heute so einsam. Ich weiß nicht wohin.
Die andern tragen Dich vor sich her wie einen
Schild, schmücken ihre Bücher mit Bibelzita-
ten, weil sie selber nichts sind. Mich beschul-
digen sie, weil ich nicht in die Kirche gehe.
Nein, sie beten die Hostie an, den Altar, das
Kruzifix, nicht Dich. Hast Du nicht zu mir ge-
sagt, schau hin, wo andere wegschauen? Sei
genau, sieh, was richtig ist und was nicht! O
Gott, wo bist Du, ich will mit Dir reden. Hörst
Du mich nicht?

Das Leben

Guten Morgen, sagt die Frau überrascht, weil sie mich im Wohnzimmer sitzen sieht. Ich habe Wein getrunken gestern Abend. Käse gegessen. Bergkäse, um genau zu sein. Ostern kommt. Was noch, fragt sie und öffnet den Kühlschrank. Der Käse stinkt wie die Pest! Weißt du, was die Pest ist? Hör auf, sagt sie, das Leben hängt am seidenen Faden. Nein, das Leben macht, was es will. Du auch, sagt sie.

Energie

Wenn man alt ist, braucht man weniger Schlaf. Bei mir ist das anders. Ich habe gestern mein Energiefeld gespürt. Ich lege mich wieder hin. Ich verirre mich allmählich. Die Medien haben alles im Griff. Ich gehe wieder zur Schule. Ich komme zu spät. Ich habe den Schulranzen vergessen. Das Schulgebäude steht nicht mehr am alten Platz. Das Niederschreiben der Gedanken befreit mich nicht. Das Bearbeiten am Computer vielleicht. Die Verbesserung des eigenen Daseins.

Die Stille

Mein Arbeitsplatz befindet sich in einem Hochhaus. Das Gebäude hat keine Treppen. Niemand kennt mich. Das hat so seine Vorteile, meint die Sekretärin. Sie steigt vor mir in den Lift. Ich halte ein Blatt Papier in der Hand. Es handelt sich um eine wichtige Nachricht. Der Chef vom Dienst begrüßt mich. Ich freue mich, dass ich die Stelle bekommen habe. Alles durch Eigeninitiative, sage ich. Wir wissen das sehr zu schätzen. Das ist einfach wunderbar. Sie erhalten die nötige Rückendeckung. Sie kommen in alle Talkshows. Zwei Wochen vorher durchlaufen Sie die nötigen Institutionen. Sie werden bekannt gemacht, wie es sich gehört! Ich bin wohlversorgt. Egal, was ich sage oder tue, es wird kommentiert, in allen wichtigen Zeitungen veröffentlicht. Ich werde hochnäsig. Es läuft wie geschmiert. Ich bin genauso wie die anderen. Arrogant. Eingebildet. Dumm wie die Nacht finster. Rücksichtslos und verlogen. Überhaupt ist hier der Himmel. Ich nehme kein Blatt vor den Mund. Ich bin ein richtiges Schwein. Das kümmert mich nicht. Ich weiß alles. Mein Zynismus ist grenzenlos. Ich habe keine freie Minute mehr. Rosarot leuchtet die Zukunft. Die Gehälter bleiben geheim. Das Konzert muss man live erlebt haben. Das spöttische Grinsen im Spiegel. Gehen wir spazieren mit der Frau, die unentwegt Fragen stellt? Was ist hässlich? Was ist schön? Der Schlagersänger ist verrückt geworden. Der Bankdirektor ein Feigling. Das Leben wird nur noch gespielt.

Der Fuchs

Ein Fuchs in einem kleinen Zimmer. Ein finsterer unterirdischer Raum. Der Fuchs kommt aus der Ecke auf mich zu, will mich angreifen, drückt sich dann aber scheu zur Seite. Ein Fuchs. Das hätte ich nicht gedacht, dass sich hier ein Fuchs aufhält. Der unterirdische Raum gleicht einer Tiefgarage. Ich suche den Ausgang. Zwei vermummte Gestalten kommen auf mich zu. Ich frage sie auf Französisch, ob sie den Weg kennen. Es ist Nacht, das weiß ich. Trotzdem sage ich Bon Jour. Sie sagen: Geradeaus. Also umdrehen, sage ich. Nein, toujours geradeaus!

Liebe

Dornen bräuchte man als Mensch. Dornen-
hände, Dornenkronen. Der für uns gekreu-
zigt worden ist. Nebensätze verraten, was
die Menschen denken. Früher standen hier
Bäume, jetzt einförmige Häuser. Manche
Leute brauchen das. Könnte ich wählen,
ginge ich nach Italien. Als Kind habe ich
Sterne an den Himmel gemalt. Heute schnei-
de ich sie aus. Schwarze Löcher bleiben zurück. Ich bin für mein Leben selbst verant-
wortlich. Da hilft keine Nachbarin. Ich bin
klein, mein Herz ist rein, darf niemand hin-
ein, nur ich allein! Sag, was du denkst, jedes Wort ist wichtig.

Zu viel

Viel zu viele machen die gleichen Sachen. Viel zu viele bieten das Gleiche an. Viel zu viele haben die gleichen Gedanken. Viel zu viele sehen das gleiche Programm. Viel zu viele kaufen die gleichen Sachen. Viel zu viele warten auf die Sensation. Viel zu viele sind sich nicht sicher. Viel zu viele schauen gar nicht erst hin.

Die Täuschung

Die Bäume erscheinen sehr niedrig am Horizont, kleiner als die andern. Der Weg führt bergauf, leichtes Gefälle also in die entgegengesetzte Richtung. Umgekehrt aber ist es ein wirkliches Gefälle. Eine optische Täuschung. Nur der Rückweg führt bergauf. Man muss kaum in die Pedale treten. Das ist jedes Mal eine Überraschung. Am Ende des Waldstücks erkennt man eine Lichtung. Dahinter geht der Weg wieder bergan. Ist das die Ursache? Ich werde unsicher. Habe ich mich deutlich genug ausgedrückt? Soll ich ein Foto machen?

Gedanken

Eine dunkelhäutige Frau beobachtet mich beim Überqueren der Straße. Sie hat braune Augen. Im ersten Moment sieht man nur das Weiße darin. Ich gehe in ein Schuhgeschäft. Sie folgt mir. Alles ist groß an ihr. Ihre Brüste, ihre Hände, ihre Hüften. Sie dreht sich um, blickt auf meine Schuhe. Sie tut so, als würde sie sich für Schuhe interessieren. Sie geht durch den Laden, groß und schön. Ich sehe ihr Spiegelbild im Schaufenster, ihr Gesicht. Ein Verkäufer beobachtet uns. Da bleibt sie stehen, geht zum Ausgang zurück. Ich drehe mich um. Ich weiß, ich habe einen Fehler gemacht. Ich weiß, es war falsch. Es war falsch, was ich dachte. Es war falsch, wie ich mich verhalten habe.

Haltestelle

Tulling hat keinen Bahnhof. Die Passagiere steigen aus, gehen über eine Wiese auf ein kleines Haus zu, das neben den Bahngeleisen steht. Kein Bahnhof, allein ein kleines Haus. Als mein Zug dort hielt, kam eine Frau auf mich zu, bekleidet mit einer gelben Jacke, roter Mütze, einem blauen Pullover. Außerdem trug sie eine grüne Hose, rosarote Socken und weiße Schuhe. Ich dachte, das kann ich nicht schreiben. Auch wenn es wahr ist.

Träume

Die große Wiedervereinigung findet nicht
statt. Es gibt keine Notwendigkeit mehr.
Präambel, heißt das Wort. Roland hat mich
aufgeklärt. Lastenausgleich. Jährliche Zah-
lungen. Gedenkstätten, Wiedergutmachung.
Eine Frau steht auf dem Balkon. Sie hat schöne Augen. Das Wort Planungsbüro kommt
mir in den Sinn. Ein Fingerhut voll Glück.
Wer hat dich wirklich lieb? Der Wind pfeift
ums Haus. Ich mache Kaffee. Wo ist der Honig? Ich finde die Kaffeedose nicht. Alles
steht am falschen Platz. Computer hat jeder,
Freunde aber nicht.

Der Krieg war umsonst

Die Hausschlachtung fand im Winter statt. Kesselfleisch, Salz und Brot. Wer denkt da an Subventionen? Die Politiker behaupten heute das Gegenteil von dem, was sie gestern gesagt haben. Tiertransporte durch Europa. Gelächter im Hintergrund, Regieanweisung. Den letzten Satz streichen wir, Herr Minister. Was wurde dir beigebracht? Wegschauen? Eine Sterbeversicherung gibt es nicht. Die Rundumversorgung des Ministerpräsidenten. Der Krieg war umsonst.

Die Untersuchung

Drohungen, Rücktritt. Dreckwäsche, Dementis, Unterstellung. Plötzlich der Beweis. Oder etwa nicht? Untersuchungsausschuss. Belastungszeugen. Doping erlaubt – ja oder nein? Davon war niemals die Rede. Ist der noch ganz dicht? Keine Ahnung. Es gibt Gerüchte. Die machen, was sie wollen. Wir berichten nur über Gerüchte. Erneute Drohung, kein Rücktritt. Wer blickt da noch durch? Unterstellungen ohne Ende. Wer ist wirklich schuld? Die personifizierte Unschuld. Keine Kompetenz. Der Kirchturm schlitzt die Wolken auf. Das Kreuz hängt schief. Leute warten auf den ersten Blitz. Vernünftige Arbeit. Keine Prominentenshows. Besserwisser, Extremisten. Kost und Logis vom Staat. Pensionsansprüche, Rückwärtsgeher. Der Wind verrichtet seine Arbeit. Das Wort Seriös kennt er nicht.

Was ist wichtig

Was schreibst du? Ist das wichtig? Alles ist wichtig, sonst gäbe es mich nicht. Wen interessiert das? Ein Wort kann die Welt verändern. Die Bremsen versagen bei der Abfahrt. Das Vorderrad sitzt schief. Das beeinträchtigt die Sichtweise. Weizenfelder, Hafer, Mais. Vereinzelt Höfe. Die Mücken. Am Wegrand Kornblumen, Brennnessel. Sanfte Hügel. Querfeldein, ist das richtig? Das satte Grün der Wiesen. Du siehst die Bäume vor lauter Wald nicht mehr. Das zarte Grün der Maisfelder. Was? Sind das Versuchsfelder? Wieso? Weil das geheim gehalten wird. Bloß keine negativen Gedanken jetzt. Wer steckt dahinter? Mehr Arbeit für weniger Geld? Stimmt die Rechnung? Ist das wichtig? Schwarzau, heißt der Stadtteil, Möglinger Feld. Glött, dann Pfaffenberg. Vierhundertachtundneunzig Meter über dem Meeresspiegel. Weiter nach Irling, Hasenbichl, Gauing und Rampertskirchen. Unbewohnte Vierkanthöfe. Weites Land. Wir fahren über Deisensee nach Schalkham, Großornach, Stumpfering, Rabenden. Von Stumpfering aus bergab Richtung Altenmarkt. Du denkst zu viel. Ist das wichtig?

Die Augenprüfung

Beim Durchdenken eines Gedankens auf andere Gedanken kommen. Das Wort und die Fortsetzung, meint die Frau des Gastwirts. Am liebsten mag sie Ausländer. Aussiedler, sagt sie. Wörter, die keine Geschichten mehr ergeben. Wir dürfen nicht alles sagen. Sie hat ein modernes Badezimmer. Sie lässt sich nicht zweimal bitten. Ich weiß nicht warum. Sie zeigt, was sie hat. Jedem ein anderes Bild. Mit der Beschreibung fängt alles an. Worte sind die Sache nicht. Einmal ist genug, sagt sie.

Die Reise

Zahlreiche Kinder ordnen sich vor dem Bahnhof. Jedes Kind hat ein Kreuz in der Hand. Ernste Gesichter, abgeschaut von den Erwachsenen. Nicht das Menschsein steht im Vordergrund, sondern die Vorstellungen davon. Der Wunsch, ein besserer Mensch zu werden. Sie tragen Kleider, die wir noch nie gesehen haben. Jede Bewegung ist einstudiert. Und sie verteilen handgeschriebene Traktate, die niemanden interessieren. Langsam gehen sie vorbei an uns. Wir unterhalten uns über Vorsilben. Ortsnamen mit der Nachsilbe -ing. Wir zählen auf, was wir kennen: Uffing, Tulling. Trudering. Was noch? Steinhöring, Wemding, Truchtlaching. Egling. Wie wär's mit Chieming. Namen aus der Römerzeit. Womöglich Tacherting, sagt sie, Obing. Fridolfing, Tittmoning. Geschäftsleute stehen gelangweilt auf dem Bahnsteig. Die Ankunft des Zuges verzögert sich. Um mich zu beruhigen, suche ich einen Punkt am Horizont. Womöglich weiß sie den Namen des Bahnhofs nicht. Reitmering! Erinnerst du dich? Klingt wie ein Ort bei uns zu Hause. Großmehring. Wir wissen im Grunde nichts voneinander. Geburtsname, Alter, Beruf. Die Kinder sind verschwunden. Die Geschäftsleute haben mit uns nichts zu tun.

Frauen

Zwei Frauen stehen vor einem Haus. Sie sagen: Schön, dass du gekommen bist! Seit wann duzen wir uns? Keine unnötigen Fragen. Ich fühle mich beobachtet. Sind die Türen abgesperrt? Das Haus hat Zimmer für drei. Nach einem Jahr Renovierung sieht alles ganz ordentlich aus. Wir erreichen den Speicher. Ich weiß nicht, wie oft ich schon hier gewesen bin. Eine Katze sitzt am Treppenabsatz, beobachtet mich. Ich denke an meine Kinderzeit. Die Frauen öffnen die Dachluke. Wolken fahren vorbei, die aussehen wie Schafe. Menschen, die nicht zueinander passen. Auch wenn wir zu dritt sind, ist jeder allein. Du musst nicht alles glauben. Ich schließe die Luke. Die Tage werden kürzer. Die Kirchturmuhr schlägt. Hörst du auf das, was die Leute sagen? Tust du immer, was du für richtig hältst?

Trauer

Dunkle Kleidung, schwarze Erde. Geparkte Fahrzeuge am Straßenrand. Die sagen uns, um wen es hier geht. Leichentrunk. Das Verursacherprinzip. Wie meinst du das? Momente des Glücks. Zwei Sätze auf der Straße. Hat er wirklich gelebt? Eine Fotografie. Genau, das war er. Hat er Freude gehabt? Wer weiß, wie einer gewesen ist? Ich werde mich hüten. Keiner hält sich zurück. Man kann nicht einfach so gehen. Eine glorreiche Idee, der Tod. Keiner weiß, wie man wirklich lebt.

Kinderspiele

Die Wut stieg langsam in ihm hoch. Er hatte sich beworben. Armes, arbeitsloses Schwein. Der Mann am Telefon sagte: Sie sind doch über fünfzig. Bei einem persönlichen Gespräch hätte der das nicht gesagt. Die Firma stellt nur junge Leute ein. Der Tonfall seiner Stimme verschärfte sich bei dem Satz: Gut eingespieltes Team! Das Ausrufezeichen war deutlich zu hören. Als sei er der letzte Dreck. Er verließ die Wohnung. Auf der Straße die leicht bekleideten Mädchen. Eine blieb herausfordernd stehen vor ihm. Nabelfrei, nichts als Höschen und Strapse. Ein Aufschrei der Lust. Das war das Zeichen für die andern. Sie stürzten sich auf ihn, machten ihn fertig hinter dem Kinderspielplatz. Armes, arbeitsloses Schwein! Ein Mädchen fiel züngelnd über ihn her. Die andern schrien ihr dreckige Worte zu. Er packte sie, ließ sie zappeln, bis sie aufschrie vor Lust. Als es ihm kam, zerriss er ihre Bluse. Sie klammerte sich an ihn. Brutales, arbeitsloses Schwein! Deine Küsse haben den Geschmack von traurigen Augen. Wer bist du? Säuisch nackt lagen sie vor ihm. Ihre erhitzten Gesichter. Da kam es ihm noch mal. Als er fertig war, ging er, ohne sich umzudrehen. Mütter mit Kinderwägen fuhren an ihm vorbei. Am Bahnhof ein Straßenfest. Wein wurde ausgeschenkt, Bier und Schnaps. Ein Verkaufsstand mit Herrensocken. Drei Paar zum Preis von einem! Jedes Teil nur 50 Cent! Er packte ein Wollknäuel, wischte sich damit ab. Die kleinen, schmutzigen Mädchen folgten ihm. An der Kreuzung hielt ihn eine Streife an. Der Polizist roch nach Schnaps. Wen haben wir denn da, fragte er. Nichts, sagte das arbeitslose Schwein. Als er am nächsten Morgen erwachte, wusste er nichts mehr davon.

Kids

„Kids For Fun", „Happy Digits". Neidvolle Blicke. „Vorbilder". Jede Sprache ist besser als deine eigene. Durchaus möglich, dass unsere Firma beteiligt ist daran. Der Vorstandsvorsitzende, Herr Doktor Schwägerle vielleicht. Das Betteln um ein Autogramm. Ein Film wird in Auftrag gegeben. Fragen werden beantwortet, die niemanden interessieren. Ein Fragenkatalog. Was machen wir damit? Der Film wird zensiert. Welcher Film? Die ziehen das durch. Teilansichten des Größenwahns. Die begehrliche Kulturreferentin trägt schwarze Dessous. Ein Wort aus dem Religionsunterricht. Bitte für uns! Ist der Vogel satt, fliegt er fort. Nur leere Köpfe sind schön.

Zufall

Die Schwalben fliegen tief, stoßen spitze Schreie aus. Gelächter im Nebenhaus. Ein neuer Morgen, Sonnenschein. Momentaufnahmen, jede Menge Zeit. Die Welt-AG frisst uns auf. Eindeutige Worte hört man nicht. Die Menschheit lebt auf Pump. Ein Gewitter hängt über der Stadt. Der Widerschein der Sonne in den Wolken. Ein Mann läuft über die Brücke. Die sollte man erst betreten, wenn man das Wasser erreicht hat. Die Nachbarin verlässt ihre Wohnung nicht mehr. Sie schreit, wenn ihr etwas nicht passt. Ihr Mann ist auch so einer. Braune Hemden auf dem Balkon. Arme Leute, sagt der neureiche Mann.

Blauer Himmel

Drei Männer in Radrennfahrermontur gehen durch einen Biergarten. Kein Platz ist ihnen schön genug. Der eine zu schattig, der andere zu hell. Schau, da ist noch Wasser auf den Stühlen. Nein, hier nicht! Mit einem Mal drehen sie ihre Köpfe, schauen gemeinsam in den Himmel hinauf.

Überwacht

Wer kennt den Paragraphen, das zuständige Amt, wo kann man sich informieren, wird man schon kontrolliert, weil man sich informieren will, was heißt „Verfassungsschutz" und was „Datenschutz", was ist mit den „Radio- und Fernsehanstalten", wer war dafür und wer dagegen, gab es eine Abstimmung, wenn ja, wo fand sie statt, hat es jemand im Fernsehen gesehen, eine Eurovisionssendung vielleicht, simultan übersetzt von den besten Dolmetschern der Welt, oder wurde es klein gehalten, verheimlicht, in den Nachrichten gar nicht erwähnt, wer bespitzelt uns jetzt, der Nachbar, der Hausmeister, die Ehefrau oder die Freundin, die Tochter, was wird gespeichert, von wem, werden wir überwacht, ja oder nein, wer ja und wer nein, welche Programme werden benötigt, gibt es Subventionen dafür, wo werden die Daten gespeichert, hier, bei mir, gleichmäßig verteilt auf allen Rechnern der Welt?

Unruhige Zeiten

Was zählt ist der Mensch. Du und die andern.
Auch wir haben schlechte Zeiten erlebt. Von
mir aus, wenn die Kohle stimmt. Sagen Sie
ruhig, was Sie denken. Lassen Sie sich Zeit.
Hält sich einer in der Fremde auf, denkt er
gleich an zuhause. Was könnte sein, was wäre
wenn. Nur das Leichte ist schwer. Der große
Augenblick. Sprüche kann man sich kaufen,
Zeiten der Ruhe nicht.

Die Stimme im Hintergrund

Als ich die Straße überquerte, kam eine Frau mit zwei vollgeladenen Supermarktwägen auf mich zu. Sie stieß mit einem kräftigen Ruck den ersten Wagen über die Bordsteinkante, zog dann den anderen mit beiden Armen hinter sich her. Neben ihr ein Mann. Der blieb stehen und sagte, das Kopftuchweib hat Sie nicht zu interessieren. Ist sie bei Rot über die Ampel gegangen? Warum helfen Sie ihr nicht? Die Bäume rauschten im Wind. Es begann zu regnen. Hagelkörner tanzten auf der Straße. Es sah aus wie ein Narzissen Feld. Nein, das stimmt nicht, ich habe noch nie ein Narzissen Feld gesehen. Plötzlich das Gefühl, etwas falsch gemacht zu haben. Nicht so zu sein, wie man es von einem erwartet. Nein, wie man glaubt, dass andere es erwarten. Ein Trugschluss. Die Sichtweise der andern. Ich höre auf zu schreiben. Eine Fliege umkreist mich. Es geht mir alles zu schnell. Streit ist meine Sache nicht. Ich bin froh, dass niemand in meinen Kopf hineinschauen kann.

Zuhause

Wer fühlt sich da noch zuhause, ein Gefängnis ist das, ohne Türen, imaginäre Gitter, ein Land aus der Ferne, das kommt hierher, und wo leben wir, da kann man fremde Sprachen lernen, die Ohren tun dir weh davon, das soll dein Zuhause sein, was hörst du, fremde Sprachen mit einer Selbstverständlichkeit, die dir unbekannt ist, die nisten sich ein, kein Respekt mehr, das interessiert die im Grunde nicht, hocken bei uns und keiner will sie, nur die Politiker schmeicheln sich ein, irgendwann muss Schluss sein, in keinem anderen Land wird so was geduldet, die Kinder hocken im gemachten Nest, stellen Ansprüche, was suchen die hier, kein Land ist so scheinheilig wie unseres, das sind keine Stammtischparolen, das ist bitterer Ernst, die kommen zu uns, halten ihre Hände auf, gehen nicht mehr zurück, erzwingen Gerichtsurteile auf unsere Kosten, lauter Schwerverbrecher leben hier, nein, keine Menschen, rief die Frau, als ich erwachte aus meinem Traum.

Nicht locker lassen

Die Klagen einer Person als Überschrift. Der Klang der Freiheit. Ein Gefühl für die Wahrheit bekommen. Niemand anderer sein wollen. Kein Lamentieren mehr. Keiner, der man nicht ist. Hinweisschilder entwerfen. Ansprüche zurücknehmen. Unwiderruflich. Alles aufschreiben. Durchstreichen. Aufs Neue beginnen. Bis nur noch ein Wort übrig bleibt. Vorurteile überprüfen. Vergessen. Ein neues Bild zeichnen. Nicht locker lassen. Endlich tun, was man glaubt, tun zu müssen. Warum? Warum nicht?

Tabu

Leb einfach drauflos. Du musst auf niemanden aufpassen. Die Leute sagen nicht, was sie denken. Sie überlegen zu viel. Sie haben Hunger und sagen es nicht. Als wäre es eine Sünde. Allein das Wort Sünde. Am frühen Morgen schon läuft bei ihnen der Fernseher. Wir haben auch viel geschaut, das stimmt. Aber es ist alles Lüge. Du weißt, es hat mit dir nichts zu tun. Du machst Pläne, mischt dich überall ein. Du machst, was mit dir nichts zu tun hat. Wann hast du zuletzt gelacht? Wieso? Hast du gelacht über dich selbst? Kannst du das? Du brauchst erst einen Hinweis, einen Anstoß. Früher oder später kommst du darauf. Leute, die nichts zu sagen haben, reden am meisten. Leb einfach drauflos, als ginge es um dein Leben.

Vernichtung

Ein Blender, der verhindert, statt zu fördern.
Erscheint jede Woche in der Zeitung. Tritt im
Fernsehen auf. Wichtigtuer, der weiß, dass
man sich „dumm und dämlich" verdienen
kann mit Politik. Parteienfinanzierungsge-
setz. Sagt das Gegenteil von dem, was er
denkt. Stielt allen die Show. Da muss man
kein Hellseher sein. Phrasendrescher. Jeder
Mensch ist gleich. So was sagt er aber nicht.
Eines Tages ist er ganz oben. Ein Blick ins
Internet genügt. Der Himmel hilft dir nicht,
von dem er spricht.

Der Pilzsammler

Ein Gewitter hat das Blaue vom Himmel ge-
holt. Die Häuser stehen noch, auch die Kir-
chen. Das Unwetter ist weiter gezogen. Die
Wiesen haben sich satt getrunken und die
Bäume sehen aus wie frisch frisiert. Der Wald
dampft. Es riecht nach Moos und Erde. Die
Vögel singen wieder. Kein staatlich subventi-
oniertes Symphonieorchester. Alles in Ordnung. Die Augen der Pilzsammler sind auf
den Boden fixiert.

Die Jungen

Die Jungen denken an ihre Sorgen. Nur sind das für die Alten keine Sorgen mehr. Die Jungen und die Alten. Bist du jung, willst du nichts wissen davon. Der Anfang ist leicht. Es läuft wie geschmiert. Aber dann kommen die harten Zeiten, Augenblicke der Verzweiflung. Die Jungen wissen es immer besser. He, Alter, warst Du nicht auch mal jung? Was soll ich anfangen mit meinem Leben?

Das Wichtige

Je mehr du darüber nachdenkst, umso größer wird es. Das Wichtige, Unwichtige. Die neuen Verordnungen, Missverständnisse. Das Gefühl der Verlorenheit. Vermutlich hat jeder Mensch solche Phasen. Wohin damit? Du kannst dir nicht helfen, fühlst dich ausgeliefert. Es ist wie ein Sturz ins Leere. Nur dein Fußabdruck stimmt mit dir überein.

Regen

Wenn es regnet, höre ich nichts mehr von den Leuten, die sonst so laut sind. Im Fernsehen reden sie und auf den Straßen. Wenn es nur regnen würde, denke ich. Eine Wohltat wäre das für meine Ohren. Die Nachrichtensprecherin sagt: Regen. Eine Windböe schlägt das Fenster zu. Der Wind wird zum Sturm. Ich sitze im Zimmer. Die Vögel sind verstummt. Ich habe eine Kerze angezündet. Nach jedem Blitz zucke ich zusammen. Es grollt und donnert in der Ferne. Die Natur hat ihren Auftritt. Am nächsten Morgen räumen die Nachbarn die gebrochenen Äste weg. Woher kommen die Löcher im Rasen? Auf nichts ist mehr Verlass! Schon geht das Gerede wieder los. Alle wollen mir beweisen, wie wichtig sie sind. Ich stehe allein auf der Straße. Ich warte auf den Regen, dessen Sprache niemand versteht.

Der Mond

Der Mond steht am Himmel. Ein Marienkäfer schläft in meiner Hand. Auf einmal das Gefühl, nicht mehr dazuzugehören. Das musst du noch lernen. Keine neue Erkenntnis. Die Leute kümmern sich nicht um dich. Der Mond verschwindet langsam hinter dem Horizont. Beinahe hätte ich den Käfer zerdrückt.

Freunde

Freunde, die dich hängen lassen. Freunde, die dir in den Rücken fallen. Freunde, die so tun als ob. Freunde, die dir ihre Grenzen zeigen. Freunde, die keine Freunde mehr sind. Freunde, die sagen: Ich bin dein bester Freund. Freunde, die ironisch werden. Freunde, die dich auf den Arm nehmen. Freunde, die dich beeinflussen. Freunde, die dich verraten. Freunde, die dir weiterhelfen. Freunde, die dich verachten. Freunde, die dich fürchten. Freunde, die dich kritisieren. Freunde, die „trotzdem" zu dir halten. Freunde, die dich bewundern. Freunde, die dir alles verzeihen. Freunde, die dich als Freund bezeichnen. Freunde, die dich beneiden. Freunde, die dich ausnutzen. Freunde, die keine Freunde mehr haben. Freunde, die dir vertrauen. Freunde, die dich im Stich lassen. Freunde fürs Leben. Freunde. Wann hört die Freundschaft auf?

Die Reise

Motorroller knattern durch den Ort. Endlich das Gefühl, etwas richtig gemacht zu haben. Eine Reise. Und am letzten Tag ist alles wie nicht gewesen. Die Männer sitzen vor der Bar. Ich habe kein schlechtes Gewissen. Alles ist klar.

Ausreden

Der Mann fängt zu lachen an, obwohl es nichts zu lachen gibt. Der andere wäre lieber woanders. Der sagt nicht, was er denkt. Der schließt seine Augen, obwohl es dadurch nicht besser wird. Der weiß alles, sagt aber nichts. Der erhält für seine Gewissenlosigkeit eine Million. Der möchte weinen, tut es aber nicht. Der schämt sich über das, was die Leute sagen. Der übt seine Macht erbarmungslos aus. Der hat Recht, obwohl er Unrecht hat. Der versucht alles, um nach oben zu kommen. Der ist beleidigt, weil der andere nicht beleidigt ist. Der hat nichts mehr zu lachen. Der will den Leuten ein Vorbild sein.

Süden

Ich habe leichte Kleidung angezogen. Ich gehe nicht schneller als die andern. Spätestens nach einer Woche gehöre ich dazu. Die Kirchenglocken klingen hier anders. Ich fühle mich fast wie zu Hause. Warte nur, sagen die Leute, bald wird dir das gewöhnlich vorkommen. Die Autos fahren hier schneller. Es wird auch mehr gelacht. Das wäre wissenschaftlich zu belegen. Vielleicht liegt es bloß am Breitengrad. Ein Blick in den Spiegel genügt.

Das Kätzchen

Das Kätzchen hat flinke Augen. Es läuft vor mir her. Nach einer Weile schupse ich es weg. Es springt ins Gras, kämpft mit unsichtbaren Grillen. Ein alter Mann biegt um die Ecke, bleibt stehen. Das Kätzchen läuft auf ihn zu, reibt sich an seinen Hosenbeinen. Der Mann sieht mich abwartend an. Was soll ich sagen? Liebe hält die Welt zusammen, und Vertrauen. Alles, bloß keine Kriege.

Der Tourist

Auf dem Marktplatz nur Einheimische. Die Früchte sind teuer. Aber die Leute zahlen das. Wenn es sein muss, spendieren sie ein Fass Wein. Ich sitze in der Sonne. Neben mir eine Frau. Ich weiß, ich sehe blass aus. Wir gehen spazieren, legen uns ins Meer. Wir schwimmen, gehen weiter. Der Wind kommt aus den Bergen. Manchmal bleiben wir stehen. Mütter mit Kindern gehen an uns vorbei. Wie Verliebte, sagt die Frau. Jeder hat einen Sonnenschirm, eine Liege. Was nicht gebraucht wird, bleibt zuhause. Die Tage vergehen sehr schnell, obwohl wir früh aufstehen. Das große Hinundher. Was machen wir heute? Wir denken immer an das Falsche. Schon ist es Mittag. Die Langeweile. Wie ein Taubenschwarm im Herzen. Ich weiß nicht, ob das jemand versteht.

Schmerzen

Mit Schmerzen aufgewacht in der Brust. Ein Auge ist blutunterlaufen. Ein Äderchen geplatzt. Sieht furchterregend aus. Ich denke an Krankheiten, obwohl ich nicht krank bin. Sei kein Umdreieckendenker. Krankheit gehört zum Leben. Was du nicht alles erfindest. Mückenstiche, Sonnenbrand, Rippenprelung, Schulterschmerzen. Lesezeichen für dein Leben.

Widerschein

Bevor die Sonne untergeht, spürt man die Kälte auf der Haut. Der Horizont verfärbt sich violett, dann geht alles sehr schnell. Die rotblauen Streifen, der Widerschein in den Wolken. Sensible Menschen spüren, wie sich die Erde bewegt. Und die Sonne ist verschwunden. Die letzten Schwalben fliegen heim. Auf einmal haben sie den Himmel erobert. Der Mond kommt langsam über die Hügel, spiegelt sich allein im Meer.

Der Spaziergang

Die Festung nach Plänen von Baccio Pontelli aus dem Jahr 1480. Die Piazza Del Duca. Der gleichnamige Brunnen aus dem Jahr 1596. Der Palazzo Del Duca (XVI. Jh.) und der aus dem XIV. Jahrhundert stammende Pallazzeto Baviera. Ferner das Forum Annonario aus dem Jahr 1831. Wo fand das Leben statt? Portici Ercolani aus der zweiten Hälfte des XVIII. Jahrhunderts. Fischerboote, Spagetti und Wein. Sehr wichtig die Piazza Roma. Das Zentrum der Stadt mit dem Neptun-Brunnen. Die Gerüche des Meeres. Palazzo Comunale aus dem XVII. Jahrhundert. Was noch? Gewisse Leute sagen, man müsse rückwärtsgehen, um die Gegenwart zu verstehen.

Heute

Es wurde mir immer eingetrichtert, etwas zu tun. Aber ich hielt mich nie daran. Die Sorglosigkeit ist mir abhandengekommen. Die Unbekümmertheit. Wenn man denkt, soll man nicht denken, dass man denkt. Welchen Weg willst du gehen? Entscheide dich. Es gibt nicht mehr viele. Du musst nicht alles glauben, was die Leute sagen. Glaube aber, was du glaubst.

Der Morgen

Eine große Müdigkeit ergriff ihn bei dem Gedanken, morgen wieder aufstehen zu müssen.
Er schob den Gedanken beiseite, legte sich
hin, wo er gerade war. Und wo war er? Zum
ersten Mal bei sich selbst.

Die Frau

Sie sagte: Als ich auf dem Hügel den wilden
Rosmarin pflückte, umschwirrte mich ein Fal-
ter. Er begleitete mich bis zum Haus, sodass
ich an der Eingangstreppe stehen blieb.

Abends

Das unverständliche aber beruhigende Ge-
plauder von Männern und Frauen vor den
Häusern. Manchmal als Begleitmusik dazu
Geklapper von Essensgeschirr hinter spärlich
beleuchteten Fenstern.

Der Alte

Vor der Piazza San Pietro steht ein alter Mann mit Anzug und Krawatte. Hinter ihm ein kleiner Junge mit Sommersprossen. Der Mann blickt in meine Richtung. Der Junge tippt sich an die Stirn. Ich sitze in einem Sportwagen. Er ist blau wie der Himmel über uns.

Frau Gänsefüßchen

Frau Gänsefüßchen moderiert einmal in der Woche eine Radiosendung. Sie führt sich dann auf, als seien ihre Zuhörer Schwachköpfe. Sie gefällt sich sehr in ihrer Rolle, doch die meisten Zuhörer haben sie längst durchschaut. Eine geistig erstarrte Zumsel, sagt Roland, dem die Frau einmal sehr großen Kummer bereitet hat. Am liebsten nennt er sie Frau Gänsefüßchen, weil sie keine Gänsefüßchen macht beim Erzählen. Sie tut gerade so, als hätte sie sich ihre Informationen schwer erarbeitet. Dabei hat sie nur abgeschrieben und schreibt noch immer ab. Sie sitzt auf ihrem hohen Ross. Und laut Gesetz darf sie niemand vom Pferd stoßen. Frau Gänsefüßchen ist unkündbar. So was gibt es. Obwohl sie nur ORIGINALEN OBERSCHROTT erzählt. Roland hätte beinahe einen Hörerbrief geschrieben, damals, als er sich noch furchtbar aufregen konnte, sich beinahe zu Tode geärgert hätte über sie. Er tat es dann doch nicht, weil er zu der Erkenntnis kam, dass sie seine Gedanken nicht wert ist. Heute dreht er einfach weiter,

wenn er zufällig auf ihre Sendung stößt.
Manchmal lacht er dazu und sagt: AH – FRAU
GÄNSEFÜSSCHEN – GRÜSS GOTT!

Der Andere

Er mochte ihn nicht, weil er dies und jenes
machte und nicht das andere. Aber sie sagten,
er verstehe es nicht, es sei alles ganz anders.
So versuchte er es wieder mit ihm, fand auch,
er habe Humor, aber gleichzeitig noch diesen
Hass und Zynismus. Bis er auf etwas stieß,
das ihn restlos überzeugte. Da kam er sich vor
wie der, den er vorher in ihm gesehen hatte.

Die Nonne

Eine junge Nonne hat ihr Gebetbuch verloren. Sie kann es noch nicht auswendig. Ich helfe ihr suchen. Gemeinsam gehen wir im Kreis.

Rückkehr

In der Küche abgestandener Essensgeruch.
Die Meeresbucht im Fensterkreuz. Das Salz
steht noch auf dem Tisch. Ich denke an die
Stechmücken von gestern. Das vergeht schon,
bis du heiratest. Wir haben auch das über-
lebt.

Zwanzig Kilometer

Ein Mann sitzt allein in einem Bahnhofsgebäude. Seine Frau wartet zu Hause auf ihn. Der Mann hat noch eine Viertelstunde Zeit. Er raucht eine Zigarette. Während die Frau im Haus umhergeht und nach einem Zeichen sucht, steigt er in den Zug. Eine Fahrkarte hat er nicht. Obwohl er Zeit gehabt hätte, sich eine zu besorgen. Er will es darauf ankommen lassen. Zwanzig Kilometer vom Bahnhof entfernt kommt eine Kurve, dort wäre eine gute Stelle. Das denkt er, während der Zug die Bahnhofshalle verlässt. Er hat es schon einmal versucht, heute ist er sich sicher. Seine Frau sucht weiter zu Hause. Er blickt aus dem Fenster im letzten Waggon. Während der Zug in die Kurve fährt, steht plötzlich ein Schaffner vor ihm: Die Fahrkarte, bitte! Er versucht erst gar nicht zu lügen. Ich, sagt er, habe keine. Tja, meint da der Schaffner, Pech gehabt! Und öffnet bedächtig seine Tasche mit den Formularen.

Einsicht

Die er liebte, liebten ihn nicht. Die ihn liebten, trieb er zum Wahnsinn. All jene, die er hasste, liebten ihn. Die ihm glaubten, denen glaubte er nicht.

Sprüche

Draußen ein Schneesturm. Ich schließe das Fenster. Der Brunnen vor dem Haus ist zugefroren, meine Papiere am Tisch mit Schnee bedeckt. Ich setze mich, lege meinen Kopf in die Hände. Sprüche, sagt jemand, helfen hier nicht.

Die Reportage

Im Fernsehen (dabei weiß ich dass es das Fernsehen nicht gibt) wird eine Reportage über die Rangierer gezeigt, komplizierte Tätigkeit als Kinderspiel dargestellt, veraltete Handlungsweisen, futuristische Szenerie, Herr Huber exemplarisch als Rangierer vom Dienst vorgestellt. Beim Fernsehsprecher das Gefühl, als kommentiere er ein Gemälde. Ein Zusammenhang wird erklärt, der im Film deutlich zu sehen ist. Der Sprecher hinkt den Ereignissen hinterher. Die Reportage hat einen Preis bekommen. Im Nachspann wird die Familie des Rangierers vorgestellt. Ich erscheine am Bildrand, hebe ein Schild in die Höhe mit der Aufschrift: Neunzehnhundertachtundvierzig.

Legende

Gump, der Räuber, wurde aufgefordert, aus seiner Kindheit zu berichten. Wozu die Zeit gut war, weiß ich nicht. Ich bin ein Bauernkind. Meine Mutter gab mir den Namen Ferdinand. Holzschuhe sind keine Sonntagsschuhe. Wo ich herkomme, sind tagsüber die Fensterläden geschlossen. Sonst weiß ich nichts! Er stellt sich dümmer, als er ist, dachte der Kommissar. Ich werde ihn mit einem Schriftstück testen, ob er wirklich so ein verdammter Idiot ist, wie er vorgibt. Wer, glauben Sie, fragte er, hat das geschrieben? Gump nahm das Schriftstück und begann zu lesen: „Hiermit teile ich Ihnen mit, dass zur Zeit eine Beschlussfassung über die Verteilung nicht möglich ist, weil von dem Appellations-Gerichte die Akten, bei welchem sie sich seit Mitte November befinden, nicht zurückgelangt sind, die Beschlussfassung über die Voruntersuchung bei dem Appellations-Gerichte auch erst nach Publikation des zur Zeit von den Kammern des Landestages in Beratung gezogenen Gesetzes über die Zuständigkeit in Strafsachen erfolgen wird, weil bezüglich der übrigen Mitbeteiligten nach dem bisherigen Gesetze aber das Bezirksgericht zuständig ist. Auch wenn die Akten nach hierher zurückgelangt sind, was vor Mitte Februar nicht zu erwarten ist, wird es sich fragen, ob die Beschlussfassung seitens des Bezirksgerichtes sofort, oder erst nachdem das Endurteil bezüglich der übrigen Beteiligten in öffentlicher Sitzung erlassen und rechtskräftig ist, erfolgen wird." Gump gab das Schriftstück zurück. Der Kommissar fragte noch einmal: Wer, glauben Sie, hat das geschrieben? Gump lachte, blickte den Kommissar an und sagte: Ein Idiot!

Der Totengräber

Er gräbt und denkt an Torf. Torf, den er ge-
stochen hat im Schwarzen Moor. Sein Rücken ist krumm. Er hustet und spuckt auf die
Erde, die schwarz ist und schwer. Er gräbt
und gräbt. Er denkt an früher. Täglich zehn-
tausend Stück. Als Torfstecher ging man
rückwärts, und das für einen Hungerlohn.
Tausend Stück auf zweiundzwanzig Meter.
Zehn Lagen, je eine Stunde. Viertelstunde
Pause. Sieben Stunden Arbeit. Daran denkt er
immer, wenn er eine neue Grube gräbt. Er
weiß nicht warum. Die Erinnerung ist stark,
aber nicht schön, lieber schaut er nach vorne.
Er schaufelt links, obwohl er Rechtshänder
ist, aber das hat nichts damit zu tun. Seine
linke Hand vorne am Stiel, das heißt er legt
links ab. Das wusste er damals noch nicht, als
er anfing Torf zu stechen. Erst als ihm einer
entgegen kam, näher und näher, merkte er,
dass sich Rechts- und Linkshänder rückwärts-
gehend nicht begegnen sollten, und ließ sich
ein Spezialeisen anfertigen. Bald war er einer
der schnellsten im Schwarzen Moor. Heute

nicht mehr. Er hört auf, mit allem. Heute ist sein letzter Tag. Er geht nach Hause, trinkt ein Glas und noch eines. Leert eine ganze Flasche, beginnt zu stechen, zu graben, zu spucken wie in seiner besten Zeit.

Traum

Die Nacht brach herein. Die Hunde bellten. Ein verrosteter Heuwender stand auf der Wiese. Das Mondlicht glänzte darauf. Die Kinder erwachten. Das Licht in der Ferne! Niemand wollte etwas zu tun haben damit. Nur ein Traum, dachte ich. Aber es war kein Traum. Wieder das Licht. Geröll und Nebelwände. Wir sprachen uns Mut zu. Was es zu bedeuten hatte, wussten wir nicht.

Das Große

Die Frau rief: Von wegen Kinder, mit zwölf Jahren sind die schon wie die Großen. Die wollen nicht den Sandkasten, damit soll sich die Oma abgeben. Die wollen gleich das ganze Haus. Bringt uns der Tag etwas Neues? Oder wird er genauso langweilig wie gestern? Die wollen alles wissen, noch bevor es geschehen ist. Leere ausdruckslose Gesichter. Wenn die etwas behaupten, weißt du nichts mehr. Es ist kein Lachen, kein Weinen. Keep Cool. Ich weiß, was ich sage. Man muss nur richtig zuhören beim Hören. Dann weiß man, was gespielt wird auf der Welt. Die Geschichte mit der Heimat zum Beispiel, das Vergangene, Überkommene. Man sollte es einmal gesehen haben, behaupten die „Heimatpfleger". Damit die Kinder wissen, woher das kommt. Und was zeigen sie? Kriegsschauplätze, seelische Grausamkeiten. Jeder soll fühlen, dass es wehtut. Die haben das archiviert. Keine Freude mehr. Kein Lächeln. Dafür gibt es Internet, Tag und Nacht Computerspiele und hinterfotzige Blogger!

Der einsame Mann

Der penetrante Geruch in dem Lederwarenge-
schäft erinnerte ihn an die Schule. An den
Jungen, der sich brav in die Bank setzt, seinen
Schulranzen öffnet, dabei den aufdringlichen
Ledergeruch einatmet. Ein Junge, der mit
dem Griffel über die Schiefertafel kratzt, Fehler macht und zu beten beginnt. Vater unser,
der Du bist im Himmel. Nicht wir leben, sondern wir werden gelebt. Heute ist morgen bereits vorbei. Was hat das Leben aus dir gemacht?

Tage

Die Großen werden größer Jahr für Jahr. Ein Haus mit Swimmingpool? Eine Villa am Meer? Mach dich nicht abhängig. Du musst alles zurückgeben. Die absolute Wahrheit gibt es nicht. Alles kommt ans Tageslicht. Auch du gehörst dazu.

Häuser

Hinter den Häusern Gärten. Neben der Garage die Straßen. Dahinter Gartenhäuser und Sträucher. Merkwürdig still im Winter. Lärm im Sommer, Landschaftsarchitekten. Was nach Natur aussieht, ist künstlich angelegt. Keiner will aus der Reihe tanzen. Grundstücksvernichter. Kein freier Platz mehr. Hunde und Katzen streunen durch die Nacht. Das treibt die Eigentümer zur Verzweiflung. Katzen wissen nichts von Recht und Ordnung, Toiletten in der Natur. Hier lebe ich, hier gehöre ich dazu. Da bin ich wer, auch wenn ich nichts bin.

Reklamation

Manche Leute lassen sich merkwürdige Sachen einfallen, wenn ihnen langweilig ist. Ein Mann stand hinter mir in einer Bäckerei und reklamierte sein Roggenmischbrot. Er nannte dabei meinen Namen. Das stimmt nicht, sagte ich, ich war niemals in diesem Geschäft. Schon möglich, entgegnete er, aber ich lasse mir das nicht gefallen. Das hat nichts mit mir zu tun, fuhr ich fort, das ist Ihre Reklamation. Da kam ein junges Mädchen durch die Türe, blickte in die Runde und ging auf den Mann zu. Auf einmal begann er zu lächeln und sagte: Ich habe überhaupt keine Lust mehr, mich mit Ihnen zu streiten.

Eisklumpen

Heute habe ich eine Stunde lang Schnee geräumt. Kaum war ich fertig, schob mir der Schneepflug eine Ladung Schnee vor die Einfahrt. Mehr Eisklumpen als Schnee. Die Nachbarn beachteten mich nicht, räumten an Stellen, wo es gar nichts zu räumen gab. Das war ziemlich unangenehm. Als der Schneepflug erneut auf mich zukam, zeigte ich ihm den Vogel. Dabei dachte ich an den Mann mit dem Roggenmischbrot.

Gedanken

Das Leben braucht mich nicht. Du bist nicht die Wirklichkeit. Alles kehrt zu dir zurück. Das Ende ist unendlich weit entfernt von der Mitte. Noch ehe ich merkte, wo ich war, war ich bereits woanders. Falsch ist, was du nicht für richtig hältst. Du bist nicht die andern. Der Tag vergeht auch ohne dich.

Vergessen

Die Frau, die alles vergaß, lernte eines Tages
einen Mann kennen, der alles vergaß. Worauf
sie nicht mehr vergaß, was sie dauernd vergaß.

Vielleicht

Der eine sagt, er war es. Der andere, der und sonst keiner! Woher will der das wissen? Von dem, der immer sagt, was er denkt. Hat ihn jemand gefragt? Das kann ich nicht sagen. Vielleicht die andern? Durchaus möglich. Ist es wichtig, was da geredet wird? Nein, am besten wäre es, gar nichts mehr zu wissen. Stimmt das? Keine Ahnung.

Heute

Heute ist so ein Tag, an dem nichts vorangeht. Da steht alles still und ich bin mir selbst im Weg. Ich kann nicht raus aus meiner Haut. Da muss ich was tun. Zeitschriften von gestern aussortieren? Schallplatten? Kassetten? Ich lege alles vor die Tür. Das abgetragene Jackett, Socken für die Bergstiefel, Krawatten von einst, was soll ich damit? Wertlose Münzen, Erstausgaben, Schlittschuhschlüssel, Teddybären, Mickymaus Hefte, einfach kindisch, ich gehe doch nicht rückwärts! Unerwartet steht Roland vor der Tür. Bei dir sieht es aus wie am Flohmarkt, schmeißt du alles weg? Ja, weg damit, oder kannst du etwas gebrauchen? Kurz entschlossen probiert er ein paar Sachen aus und lacht. Perfekt, sagt er. Auch die Schlittschuhe passen. Ich schaue mir die Sachen an, die er sich ausgesucht hat. Ich sage: Das gehört jetzt alles dir, pass gut darauf auf. Wie meinst du das?, fragt er.

Reue

Ich ging auf die Frau zu. Ich fragte, hast du ein Auto? Machen wir was? Gehen wir tanzen? Bist du allein oder hast du Kinder? Gibst du mir deine Telefonnummer? Ich erwartete keine Antwort. Sie sah russisch aus. Sie ging neben mir auf der Straße. Sie erregte mich. Ich sagte, die Leute reden viel Unsinn, ist Ihnen das schon aufgefallen? Sie sehen so stark aus. Soll ich wieder Du sagen? Wollen Sie oder wollen Sie nicht? Gibt es keine Möglichkeit? Zwei Stunden würden genügen. Gehen wir? Machen wir was? Wollen Sie?

Was dazwischen passiert

Was ist das Leben? Ein Tag? Ein Monat? Ein Jahr? Nein, der Weg hat so und so viele Kilometer. Dafür brauche ich so und so viele Stunden. Für die Strecke benötige ich so und so viel Treibstoff. Das ist alles! Hast du Angst vor dem Leben? Klammerst du dich an die Vergangenheit? Was siehst du, wenn du in den Spiegel schaust? Ein Tag ist kein Jahr! Machst du es den andern nach? Geht alles nach Plan? Wozu noch Hände und Füße, Mund, Nase und Ohren, wenn du nicht dein Leben lebst? Verdrängst du alles, um nicht verdrängt zu werden? Was ist dein Leben? Eine unbekannte Größe? So und so viele Kilometer? Gehst du jedem Änderungsversuch aus dem Weg? Schaust du dir lieber Filme an?

Was?

Wenn alle nur noch dasselbe denken, was ist es dann? Wenn alle nur noch dasselbe sagen, was ist es dann? Wenn alle nur noch dasselbe wollen, was ist es dann? Wenn alle nur noch dasselbe sehen, was ist es dann? Wenn alle nur noch dasselbe haben, was ist es dann? Wenn alle nur noch dasselbe tun, was ist es dann? Wenn alle nur noch dasselbe sagen, sagen alle nur noch dasselbe? Wenn alle nur noch dasselbe wollen, wollen alle nur noch dasselbe? Wenn alle nur noch dasselbe sehen, sehen alle nur noch dasselbe? Wenn alle nur noch dasselbe denken, denken alle nur noch dasselbe? Wenn alle nur noch dasselbe tun, tun alle nur noch dasselbe? Wenn alle nur noch dasselbe haben, haben alle nur noch dasselbe? Wenn alle nur noch dasselbe fragen, fragen alle nur noch dasselbe? Wenn alle nur noch dasselbe gesehen haben, was haben sie dann gesehen? Wenn alle nur noch dasselbe gedacht haben, was haben sie dann gedacht? Wenn alle nur noch dasselbe erlebt haben, was haben sie dann erlebt? Wenn alle nur noch dasselbe getan haben, was haben sie dann getan? Wenn alle nur noch dasselbe gefragt haben, was haben sie dann gefragt? Wenn alle nur noch dasselbe gedacht haben, haben alle nur noch dasselbe gedacht? Wenn alle nur noch dasselbe gesehen haben, haben alle nur noch dasselbe gesehen? Wenn alle nur noch dasselbe gefragt haben, haben alle nur noch dasselbe gefragt? Wenn alle nur noch dasselbe getan haben, haben alle nur noch dasselbe getan?

Rückgängig

Das hat überhaupt nichts zu sagen, sagte er. Er wollte es nicht sagen, und hat es trotzdem gesagt. Er hatte nichts zu sagen. Den ganzen Tag dachte er daran. Vielleicht wurde es nicht so aufgefasst, wie er es gesagt hatte. Wird nicht alles falsch aufgefasst? Nur weil man etwas gesagt hat, was man nicht sagen wollte, geht die Welt nicht unter. Was er gesagt hat, könnte durchaus jeder andere gesagt haben. Das hat überhaupt nichts zu sagen. Aber es wurde von ihm gesagt! Ohne Überlegung. Es ist nicht mehr gutzumachen. Und wenn es unbewusst gesagt wurde? Wenn er es gar nicht war? Wer erinnert sich noch daran? Gut, wir akzeptieren die Ausrede. Es ist nichts geschehen. Auch wenn es geschehen ist.

Salettl

Er fährt mit seinem Roller im Gäu umher. Ein schiecher, klobiger Typ. Schief gewachsen, mit großen Füßen und einem Spitzbauch. Salettl nennt er seine Hütte am Waldrand, auf die er sehr stolz ist. Weil er sonst nichts hat. Er sitzt buckelig auf seinem Roller, kratzt sich den Rücken dabei. Keiner fährt einen Roller, nur er. Auch am Sonntagvormittag. Weil er sonst nichts hat. Ein verschrobener Kerl, der keinen Stich macht bei den Frauen. Im Wirtshaus ist er nicht dabei. Auch nicht bei den öffentlichen Festen. Privat ist er nirgends zu sehen, weil ihn keiner sehen will. Nur sein Salettl kann ihm keiner nehmen. Auch nicht seinen Roller. Mit dem fährt er durch die Gegend, einhändig und schief. Auch am Sonntagvormittag. Kratzt sich den Bauch, blickt umher mit seinem idiotischen Grinsen. Wer hat ihm das beigebracht? Die Eltern leben nicht mehr. Kein Bruder, keine Schwester. Kriegswaise, die Waisenrente kriegt, sagen die Einheimischen. Da kann man nichts machen. Er sieht aus, als sei er

wirklich zurückgeblieben. Immerzu dieses
Grinsen. Weiß er mehr als die anderen? Die
Leute sind sich nicht einig. Sein Gang, was ist
schon daran. So einen haben auch andere. Der
Bürgermeister zum Beispiel. Nur, vor dem
laufen die Mädchen nicht weg. Er hat es
längst aufgegeben. Die leeren Worte und falschen Versprechungen. Er hat sein Salettl,
das reicht. Keiner will etwas zu tun haben mit
ihm. Aber am Sonntag hilft er in der Kirche
aus. Messner, sagt niemand zu ihm. Er soll
sich bloß nichts einbilden. Nein, er kriegt
Geld von der Pfarrei, das reicht. Dann fährt er
mit seinem Roller im Gäu umher, kratzt sich
den Rücken. Ein Bienenhaus hat er auch. Das
darf ihm keiner nehmen. Da kennt er sich aus.
Die Bienen wollen ihm nichts Böses. Die
bringen ihm noch was ein. Und die Leute lassen ihn werkeln. Auch wenn in dem Bienenhaus mal was geschehen ist mit einem Mädchen, ein Kind noch. Aber das ist ein Gerücht.
Niemand darf etwas sagen darüber, weil es
nicht erwiesen ist. Ein Gerücht, nach wie vor.
Aber es reicht, um nicht mit ihm sprechen zu
müssen. Das interessiert ihn alles nicht. Je-
denfalls sieht es so aus. Niemand weiß, was

er wirklich denkt, wenn er fährt mit seinem Roller. Hin und her und wieder zurück. Auch am Sonntag, vor und nach dem Gottesdienst.

Vorbilder

Das Schiff fährt in den Hafen ein. Der Mensch ist hier, um zu arbeiten. Manchmal sieht es so aus, als lohnte es sich nicht mehr. Das Leben und das Arbeiten, das Fahren mit dem Schiff übers Meer. Die Kinder machen alles nach, suchen sich Vorbilder, wollen sein wie der Knecht auf dem Bauernhof. Aber den gibt es nicht mehr. Da muss man weit gehen, um einen Knecht zu finden, sagt der Großbauer. Der muss es wissen, weil er hier der Größte ist. Mit dem Schiff übers Meer? Da gab es mal einen, der wollte weg von hier, nach Amerika. Der glaubte, was Besseres zu sein. Nach einem Jahr ist er wieder nach Hause zurückgekehrt, hat den Besen in die Hand genommen und stillschweigend den Hof zusammengekehrt. Der Mensch ist auf der Welt, um zu arbeiten. Vorbilder gibt es nicht mehr.

Morgen

Die Sonne geht auf. Die dunklen Gedanken sind verschwunden. Das Gleichgewicht ist wieder hergestellt. Im Keller der Rucksack. Eine Reise wäre jetzt schön. Mach dich nicht lustig. Die Nachbarin schüttelt ihre Bettdecke aus. Der Himmel bedeutet dir nichts, wenn du jung bist. Im Alter nimmst du deine Fehler an. Vergangenheit vor dem Spiegel. Der Schatten fällt genau auf seinen Platz.

Freiheit

Das Kind schreit. Es sieht hundert Gespenster. Es lächelt dabei. Nein, es lächelt nicht. Der Mutter wäre es lieber, es lächelte. Etwas ist passiert. Ein finsterer Blick, ein böses Wort. Eine Hand, die zum Schlag ausholt. Keine Hand, die es streicheln will. So eine Hand sieht anders aus. Ruhiger, weicher. Nicht so starr und bedrohlich. Hände, die schlagen, haben etwas von einem Skelett. Das Kind merkt es instinktiv. Hände, die einen streicheln wollen, sind zart und geschmeidig. Das Geräusch der Schnalle am Ledergürtel des Vaters hört sich an, als würde die Mutter weinen. Nein, es ist ein Traum, der in alle Richtungen geht. In die Weite, in die Enge. In die Freiheit, die man Fremde nennt.

Etwas

Er hat es gehabt. Jetzt hat er es nicht mehr. Es liegt so weit zurück, dass er es wieder haben will. Aber niemand hat es. Auch die nicht, die es gehabt haben. Die es gehabt haben, wollen es auch zurück. Alle, die es gehabt haben, wollen es zurück. Und wenn sie es nicht gehabt hätten? Wer es gehabt hat, hat es gehabt! Wissen die noch, dass sie es gehabt haben? Die wollen es alle haben. Auch die, die es gehabt haben. Wer hat es gehabt?

Links

Hier ist der Brunnen, dort ist das Wasser. Hier ist das Rad, dort ist das Auto. Hier ist das Ei, dort ist die Henne. Hier ist das Feuer, dort ist der Herd. Hier ist das Fenster, dort ist die Scheibe. Hier ist der Schlüssel, dort ist die Tür. Hier ist der Bleistift, dort das Papier. Hier ist der Kopf, dort der Gedanke. Hier ist die Arbeit, dort die Fabrik. Hier ist der Kranke, dort der Gesunde. Hier ist hier. Dort ist dort. Kurz ist kurz. Lang ist lang. Schief ist schief. Krumm ist krumm. Links ist rechts. Scharf ist stumpf. Groß ist klein. Süß ist sauer. Hart ist weich. Schwarz auf weiß.

Das Ergebnis

Gleich kommt das Ergebnis, auf das alle gewartet haben. Es hat lange gedauert. Das hätte niemand gedacht. Es hat sich gelohnt. Davon bin ich überzeugt. Er hat nichts gesagt. Das kannst du dir denken. Keine Frage. Gleich kommt er. Jetzt bin ich aber gespannt. Das kann lustig werden. Ich lasse mich überraschen. Das dauert aber. Keiner sagt etwas. Da ist was passiert. Eindeutig. Ein Fehler. Wenn ich das gewusst hätte. Wir haben alle gewartet. Sei nicht so ungeduldig. Wir sind guter Dinge. Da kommt er. Schau, die Tür geht auf. War er es? Ich weiß es nicht. Sagt er die Wahrheit? Ich werfe nicht mit Steinen. Es ist sinnlos. Auch das Sinnlose hat seinen Sinn. Pass auf, was du sagst. Die machen kurzen Prozess. Ich möchte nicht in seiner Haut stecken. Beweise gibt es genug. Im Zweifel für den Angeklagten. Nein, die führen uns an der Nase rum.

Zuhören

Im Vergleich zu den andern war ich viel engagierter, ich blieb länger dran an einer Sache, hab sie nochmals kontrolliert, auch repariert, wenn die andern schon alle Viere von sich gestreckt haben, das hätte ich gar nicht machen können, mich hinsetzen und ausrasten, das Unvollendete liegen lassen, nichts tun, ins Wirtshaus gehen, das habe ich denen nicht übel genommen, auch wenn sie mich geärgert haben, heute bin ich fast schon wie sie, fange gleich was Neues an, wenn ich nicht weiter weiß, heute ist alles so kompliziert geworden, dafür bin ich nicht auf der Welt, heute sagt keiner mehr was zum andern, du mit deiner Vergangenheit, heißt es dann, näher zusammengerückt sind wir, trotz räumlicher Trennung, früher wurde viel mehr gelacht, heute gehen sich alle aus dem Weg, keiner braucht mehr den andern, was soll ich dazu noch sagen, hört mir überhaupt jemand zu?

Die Zeit

Weil alle alles wissen, weiß keiner mehr, um was es geht. Erst wenn du allein bist, erinnerst du dich. Pass auf, dass du nicht untergehst. Leben heißt Konflikte lösen. Die Zeit macht alles klein.

Irrungen

Hier gehen die Leute aufeinander zu. Nein, du stehst allein vor einem Spiegel. Jeder macht, was er für richtig hält. Keine überflüssigen Gedanken. Es ist immer einer da, der dich führt. Mach es nicht kompliziert. Es reicht das Finanzamt, das alles in Frage stellt. Leg dein Handbuch beiseite. Es bringt dich nicht weiter. Für Märchen bist du zu alt. Verstell dich nicht. Was wäre das Leben ohne Fehler.

Der Löwe

Der Löwe beobachtet den Schwätzer. Er ist Teil der Unruhe und Besorgnis. Er hört nichts, außer Stille. Er stellt keine Fragen. Er hat sein Gedächtnis verloren. Der Baum lächelt, wenn ich eine Wolke betrachte am Himmel. Er beugt sich schützend über mich. Er ist stärker als ich. Er treibt seine Wurzeln tief in die Erde. Die Menschen gehen von falschen Voraussetzungen aus. Sie sind enttäuscht, wenn nicht eintrifft, was sie sich erhoffen. Sie löschen ihr Lächeln aus damit, ihr schönes Gesicht. Der Löwe hat seine Gefährlichkeit verloren.

Ruhe

Du kommst nicht zur Ruhe. Du hast zu viel Unheil angerichtet im Leben. Deine Rechthaberei musst du vergessen. Das beunruhigt dich. Du bist selber schuld. Tatsächlich beunruhigt dich die Ruhe, sie macht dich nervös. Du willst alles, nur nicht diese Ruhe. Du bist froh, wenn Besuch kommt. Die Ruhe, glaubst du, kann dir dann nichts mehr anhaben. Du merkst, dass die anderen auch nicht fertig werden damit. Du siehst es an ihren Gesichtern. Wie sie versuchen, sich gegenseitig zu widerlegen. Keine Ruhe. Unter einer Million Menschen vielleicht einer, der frei ist. Die Frau dort will etwas darstellen, schau. Jeder will etwas darstellen, besser sein, als er ist.

Nichts

Was ist es? Gedanken, die nicht zu Ende gedacht wurden. Wann sind sie zu Ende? Es liegt an dir. Die Unmöglichkeit des Möglichen? Du wirst dich noch wundern. Du hast keine Ahnung. Stimmt etwas nicht? Du freust dich, hältst nichts mehr zurück. Du glaubst am Ziel zu sein. Endlich bist du der, der du sein willst. Deine Träume sind aufgelistet. Nein, viel zu weit entfernt von dir. Die Welt bleibt, wie sie ist.

ADELHARD
WINZER
LÜGENGESCHICHTEN
2018. 132 SEITEN
BOD – BOOKS ON DEMAND,
NORDERSTEDT
ISBN 9783752862102

Der Mond hat sieben Türen, sprach das Kind.
Ich lebe nicht hinter dem Mond, erwiderte
der Mann. Du hast keine Ahnung, meinte
das Kind, wenn der erst mal seine Hintertüre
aufmacht, beginnen die Menschen zu wackeln.
Von wegen wackeln, sagte der Mann. Ja,
wenn der Mond wirklich wollte, könnte
er die ganze Welt überschwemmen,
aber er hat Mitleid mit uns, vor allem
mit den alten Leuten. Ich bin nicht alt,
entgegnete der Mann. Für ganz Alte, sagte
das Kind, macht er die Vordertüre auf,
dort können sie hineingehen! Und das Kind
verschwand wie es gekommen war.
Blödsinn, dachte der alte Mann, drehte sich
auf die andere Seite, und konnte doch nicht
einschlafen. Seine Gedanken begannen
um den Mond zu kreisen, um die Erde,
um alte Leute. Schließlich träumte er,
durch eine große weite Türe zu gehen.
Alle Menschen machten ihm Platz,
verbeugten sich und riefen:
Wo warst du denn die ganze Zeit!

ADELHARD
WINZER
STOCKHOLM BLUES
KURZPROSA. 2018. 92 SEITEN
BOD – BOOKS ON DEMAND, NORDERSTEDT
ISBN 9783752839814

Seit ich denken kann, will ich nach Stockholm.
Kennen Sie Stockholm? Ich war noch nie dort.
Es ist schön, wo ich wohne, ich vermisse nichts.
Also, sagen meine Freunde, was willst du
in Stockholm? Ich weiß nicht. Nachts erwache
ich aus meinem Traum, drehe mich
auf die andere Seite und denke,
morgen gehe ich nach Stockholm.
Stets kommt etwas dazwischen.
Ich gehe zur Arbeit, ärgere mich,
gehe wieder nach Hause –
schon ist der Tag vorbei.
Wie schön wäre es jetzt in Stockholm,
denke ich, warum bist du nicht
nach Stockholm gegangen!
Ich war in Trinidad, ich war in New York,
aber was ist das im Vergleich zu meinem Traum.
Meine Freunde sagen, geh in dich, vergiss
dieses Stockholm, es bringt dich noch um!
Aber in Gedanken bin ich in Stockholm.
Ich weiß nicht warum.
Um was Neues beginnen zu können,
muss ich nach Stockholm.
Kennen Sie Stockholm?
Waren Sie schon dort?
Heute wäre ein guter Tag,
um nach Stockholm zu gehen!

ADELHARD
WINZER
DIE SPRACHGRENZE
GESCHICHTEN. 2018. 184 SEITEN
BOD – BOOKS ON DEMAND, NORDERSTEDT
ISBN 9783746087429

In mehr als hundert ineinandergreifenden
Geschichten (die längste hat elf Seiten, die kürzeste
vier Zeilen) wird anhand der Parabel,
der Groteske, der Fabel und der Übertreibung
von Personen und Ereignissen berichtet,
denen allen gemeinsam die Thematik
„In der Fremde" zugrunde liegt. Skizzenhaft,
lakonisch, phantastisch überhöht,
bis an die Grenzen der Erzählbarkeit.

„Ihre Texte haben lange auf meinem Schreibtisch
gelegen und ich habe immer mal wieder
hineingeschaut. Der Titel ‚Sprachgrenze' ist total
richtig gewählt. Alle Texte machen vor etwas Halt –
eine Wand? Ein Absturz? Ein Paradies?
Das wirkliche Leben? (was immer das ist). Man
wartet auf einen Durchbruch, aber er kommt nicht.
Sehnsuchtstexte! Sehnsucht sehnt sich
nach Erlösung. Aber was könnte das sein?
Gott? Die Liebe? Die Tat?"
Ruth Rehmann in einem Brief an Adelhard Winzer

„Deine Geschichten sind klasse,
sie ziehen den Leser in den Bann,
sind erschreckend ehrlich und hart,
sprachlich fein gesponnen."
Thomas Felber, Buchhandlung Lentner, München

„Ich finde Ihr Werk rundherum gelungen."
Wolfgang Weinkauf

ADELHARD
WINZER
VENEDIG, VON HIER AUS
AUFZEICHNUNGEN. 2019. 212 SEITEN
BOD – BOOKS ON DEMAND,
NORDERSTEDT
ISBN 9783749437481

Diese Arbeiten folgen keinem
künstlerischen Konzept,
keiner Gesetzmäßigkeit,
keiner Logik im herkömmlichen Sinn.
Niedergeschrieben in einem Zug,
frei von ablenkenden Gedanken
oder Zugeständnissen an
eine literarische Form
enthält der Band
zweihundert Aufzeichnungen
aus dem Unterbewusstsein.
Allein das Aufhören am Ende
der jeweiligen Notizbuchseite,
um erneut beginnen zu können,
galt als Einschränkung
beim Schreiben dieser Texte.

ADELHARD WINZER
ANDREAS
REPRINT. 2019. 80 SEITEN
BOD – BOOKS ON DEMAND, NORDERSTEDT
ISBN 9783749436804

„Dieses Buch wendet sich Problemen zu, wie Jugendliche sie in unserer Gegenwart haben können: der Zweifel am sogenannten Fortschritt, mangelnde Verbundenheit mit der Natur, Missverstehen der Erwachsenen im Hinblick auf jugendliches Verhalten. Das Buch wird gewiß einen Teil von älteren Kindern und Jugendlichen in weiterführenden Schulen gut ansprechen."
Prof. Doktor Anton Reinartz,
VJA Nordrheinwestfalen

„Ein wichtiges Buch, insbesondere für Erwachsene, denn hier können sie etwas erfahren über die Kluft, die sie zwischen sich und den Kindern aufgebaut haben und die Unkindlichkeit unserer Welt."
Klaus Friedrich, München

„In dem schmalen Büchlein steht Bedeutsames."
Reichenhaller Tagblatt

„Begegnung mit einem außergewöhnlichen Jungen."
Stuttgarter Nachrichten

„In einem langen Brief schreibt sich Andreas all das vom Herzen, was ihn freut, aber auch was ihn bedrückt, was ihm an den Erwachsenen nicht gefällt, die schuld daran sind, dass Landschaften zu Betonwüsten werden, die sich immer streiten müssen, die Kriege führen ..."
Katholischer Kirchenanzeiger

„Das Buch habe ich bekommen und gelesen. Es gefiel mir. Talentierter Mann!"
Stephan Sulke

ADELHARD
WINZER
KRETHI UND PLETHI
EIN SPIEL
AUFFÜHRUNGSRECHTE:
CANTUS THEATERVERLAG
ESCHACH

Ein Stück, das die Sprache zum Mittelpunkt hat.
Befangenheit und Vorurteile der Menschen.
Keine zwingende Handlung. LAYLA
(schwarzhaarig) und SABRINA (blond),
einheitlich gekleidet,
sitzen Rücken an Rücken auf einer Bank,
reden über eine fremde Person, stehen auf,
gehen im Kreis, deuten mit den Händen,
vermeiden es, sich dabei anzuschauen.
Ort des Geschehens: Ein Kirchenplatz.
Bühnenlicht, das, während sie sprechen,
allmählich schwächer wird und den Schatten
des Kirchturms näher bringt. Bewegungen
und Gesten sollen nicht übertrieben wirken.
Freier Redefluss. Dazwischen kurze und längere
Pausen. Keine strenge Regieanweisung,
die Inszenierung liegt in der Hand des Regisseurs.
LAYLA und SABRINA telefonieren in den Pausen:
nehmen Anrufe entgegen, die sie mit JA oder NEIN
oder SOWIESO beantworten, oder sie schreiben
SMS auf ihren Handys, murmeln Unverständliches
dabei, schminken sich oder blättern in Illustrierten,
gähnen, schauen neugierig um sich, manchmal auch
verängstigt. Beide treten sehr selbstsicher auf –
aber nicht überheblich.

ADELHARD WINZER
DAS KORKENSPIEL
DRAMA
AUFFÜHRUNGSRECHTE:
CANTUS THEATERVERLAG
ESCHACH

*Ein Leben ist immer zu kurz
für ein ganzes Leben*

Alf und Bianca haben ihre Stadtwohnung
aufgegeben und versuchen in einem abgelegenen
Bauernhof auf dem Land sesshaft zu werden.
Eines Tages bekommen sie Besuch von Gitte und
Ernst, einem befreundeten Paar aus der Stadt. Sie
machen es sich bei Kaffee, Kuchen und Wein im
Garten bequem, erzählen von ihren Reisen nach
Asien, Österreich, Italien, Mexiko und New York.
Während Alf und Bianca sich gegenseitig die
Beweggründe ihres Neuanfangs zu erklären
versuchen, schwärmen Ernst und Gitte von der
ländlichen Umgebung. Dabei stellt sich heraus,
dass Alf und Bianca von ihrem neuen Nachbarn
dominiert werden, die angebliche Idylle nur
täuscht, alle vier sich im Grunde nichts zu sagen
haben. Ein harmlos erscheinender Nachmittag auf
dem Bauernhof, bei dem es am Abend zur
Katastrophe kommt.